Brausetablette

Emma kann sich gleich in Luft auflösen

Roman

Ruben Dellers

www.ruben.ch

Ruben Dellers, geboren 1958, sah als 10-jähriger eine Werbung für einen Fotoapparat für fünf Franken. Er kaufte ihn und entwarf damit Bild-Geschichten. Mit fünfzehn schrieb er sie auf, mit zwanzig verfilmte er sie. Dann wurde der Computer populär und er schrieb Programme und entfernte sich vom Literarischen. Doch 2014 entdeckte er im Internet den Berner Schriftstellerinnen- und Schriftstellerverein.

Die Deutsche Nationalbibliothek verzeichnet diese Publikation in der Deutschen Nationalbibliografie; detaillierte bibliografische Daten sind im Internet über dnb.dnb.de abrufbar.

© 2023 Ruben Dellers
Idee: 20.05.2020
Version vom 11.04.2023
Erstveröffentlichung: 14.05.2023
Umschlaggestaltung: 99designs.ch, aprovedel
Lektorat: Claudia Kühne
Korrektorat: Julia Palmer
Herstellung und Verlag: BoD – Books on Demand, Norderstedt

ISBN Paperback: 978-3-752-88027-4
Nr. 260101

Dank an die
Testleser und Testleserinnen,
Recherchenunterstützer
und Manuskriptbeurteiler

Teil 1

Stalken

Radtour

Albert schaute die Bergstrecke zurück, Vanessa war nicht zu sehen. Er stieg vom Rad und schob es an den Straßenrand. Fünfzig Meter weiter oben stand eine Bank. Aber die wollte er zusammen mit seiner Freundin erkämpfen, und nicht, dass sie ihn schon da sitzen sah.

Da! Vanessa! Nein, es war irgendeine Radfahrerin, die um die Kurve gestrampelt kam. Sie bewegte sich eckig, warf ab und zu einen Blick auf ihn und stöhnte hörbar. Die offene Fahrradjacke tanzte im Rhythmus der Beine. Sie trug die gleiche Jacke wie er, von M-Way, nur in Orange. Nach einiger Zeit erreichte sie ihn und stieg vom Rad. Sie war zierlich, ihre Lippen schmal, und sie hatte eine Stupsnase; ihre Rehaugen zuckten hin und her. Warum hatte sie so eine harte Tour gewählt? Er wollte sie nicht demotivieren. »Top Leistung«, sagte er. Sie keuchte und warf ihm einen Blick zu, der nicht gerade zum Frühlingstag passte. »Bist du zufällig einer Radfahrerin begegnet?«, fragte er. »Ungefähr in deinem Alter.«

»Wie alt bin ich denn?« Sie kniff die Augen zusammen. Was hatte diese Frau?

»Meine Freundin ist dreiundzwanzig«, sagte er.

»Oh toll! Und du? Achtundachtzig?« Sie umklammerte ihre Lenkstange.

»Ich wollte eigentlich nur wissen, ob du jemandem begegnet bist.«

»Klar, bin ich«, sagte sie und starrte auf die Lenkstange. Sie war mit gelben Tupfklebern verziert.

»Und? Wie weit hinter dir ist sie? Dauert es noch länger, bis sie kommt?«

»Bist du doof oder was? Ich stehe hier.«

»Ich verstehe nicht«, sagte er.

»Wie immer. Wann hast du mich je verstanden?«

Er schloss den Mund. Unten bei der Kurve regte sich nichts.

»Hör mal«, sagte er, »du verwechselst mich mit jemandem.«

»Mit wem sollte ich?« Sie drehte sich demonstrativ nach links und rechts. »Ich sehe nur dich.« Er wandte sich seinem Rad zu. Die Antriebskette war gut eingefettet. »Hallo! Ich bin hier!«, rief sie. Entgegen der Wettervorhersage zogen keine Wolken auf. »Na prima«, sagte sie im Hintergrund. »Partner hören oft einander nicht zu, hat Frau Lützle gesagt. Du bist ein grandioses Beispiel dafür.«

»Gut«, sagte er. »Wir haben uns nichts mehr zu sagen.« Sie wollte erneut den Mund aufmachen, doch er schwang sich auf sein Rad und fuhr zurück. Sie folgte ihm. Er bremste, rollte das Rad zur Seite und klappte den Ständer herunter. »Hör mal. Wie heißt du? Da liegt eine Verwechslung vor.«

»Wie heißt denn du?« Sollte er es ihr sagen? Besser nicht. Sie stand mitten auf der Straße und stützte sich auf die Lenkstange.

»Du hast ein Problem«, sagte er.

»Ja, dich.«

»Hast du jemanden, mit dem du reden kannst? Du hast eine Frau Lützle erwähnt.«

»Frau Lützle ist meine Bezugsperson und keine Psychologin!«

»Ich habe gar nichts gesagt.«

»Aber gedacht.«

Unten bei der Kurve bewegte sich nichts.

»Gut gut«, sagte er. »Vielleicht wäre es gut, wenn du das alles mit deiner Bezugsperson besprichst. Ich fahre jetzt los, und du hörst auf, mich zu verfolgen.«

Er raste den Berg hinunter. Sollte sie ihm doch hinterherfahren, bei seinem Tempo würde sie ihn nicht einholen.

Da, ein Forsythienstrauch. Er stellte sich mit seinem Rad dahinter und spähte durch die gelben Blüten, die Straße war leer. Nun hatte die Radfahrerin ihn schon dazu gebracht, sich zu verstecken. Vorsichtig ging er zurück zur Straße.

Wo blieb nur Vanessa? Er schob das Rad wieder hinter den Busch und rief sie an. Das Telefon klingelte und klingelte, endlich meldete sie sich. Ohne zu grüßen, fragte er: »Wo bist du? Ich warte!«

»Wo wartest du?«

»Na! Erst habe ich oben gewartet, bei der Bank. Jetzt stehe ich unten.« Er schlich auf die Straße. »Ich sehe dich nirgends. Wo steckst du?«

»Wo schon? Zu Hause.«

»Zu Hause?« Er betrachtete das Telefondisplay. »Warum bist du nach Hause gefahren?«

Jemand riss ihm von hinten das Handy aus der Hand. Er drehte sich um: die Radfahrerin.

»Spinnst du?«, rief er. Sie verbarg das Handy hinter ihrem Rücken, er griff danach, sie wand sich hin und her. »Her damit!«, schrie er sie an. Sie gab es ihm. »Verschwinde von hier.«

»Nein. Sonst rufst du sie wieder an.«

»Ja, das tue ich.«

»Hast du es immer noch nicht begriffen? Sie lässt dich hängen! Im Gegensatz zu mir.«

Aussprache bei Schokolade

Albert schüttete Schokoladenpulver in seine Milch und rührte um.

»Warum nimmst du jedes Mal heiße Schokolade?«, fragte die Radfahrerin.

»Lass das doch. Woher willst du das wissen? Ich sehe dich heute zum ersten Mal.« Sie verstummte. »Also«, fragte er, »was sollen wir deiner Meinung nach besprechen?«

»Idiot«, flüsterte sie.

»Wie bitte? Soll ich wieder gehen?«

»Nein, entschuldige, bitte bleib.« Sie schaute sich um, der Kellner stand an der Kasse und tippte etwas ein.

Albert wollte am Kakao nippen. Das ging nicht, er war zu heiß. »Du willst tatsächlich nichts trinken?«

»Sie haben ja keine Brausetabletten.«

Er schaute auf die Tafel über der Bar. »Es gibt bestimmt eine Brause. Orange, Zitrone. Soll ich fragen?«

»Ich nehme sie nur als Tablette. Ich liebe es zuzusehen, wie sie sich im Wasser auflöst.« Sie schloss die Augen und atmete tief ein. »Wir können nach Hause fahren.« Sie zeigte zum Ausgang. »Ich habe ein ganzes Röhrchen.« Sie wollte lächeln, aber es misslang. »Du weißt nicht, wo ich sie versteckt habe.«

Er lehnte sich zurück. »Was du machst, nennt sich Stalking.«

Sie schüttelte den Kopf. »Stalken heißt, dass dich jemand über Wochen oder Monate belästigt. Mich siehst du heute aber zum ersten Mal.«

»Dann ist das eben ein beginnendes Stalking. Und das will ich von Anfang an unterbinden.«

Sie stützte die Ellenbogen auf den Tisch und legte das Kinn auf die gefalteten Hände. »Und wie willst du das machen?«

»Ich mache gar nichts. Wir trinken jetzt die Schokolade aus und dann geht jeder seiner Wege.«

»Du trinkst die Schokolade allein. Und ich erwarte, dass du deine Ablehnung aufgibst.« Der Kakao war immer noch heiß. Sie nahm die Arme vom Tisch und senkte den Blick. »Wie kann ich dich davon überzeugen, dass wir zusammengehören?«

»Gar nicht.« Er rührte zum x-ten Mal seinen Kakao um.

Ein Luftzug fuhr ihm ins Gesicht. Im Türrahmen, im Rücken der Radfahrerin, stand eine Frau mit weizenblonden Locken. Sie trat näher, blieb vor seinem Tisch stehen und fokussierte die Radfahrerin. »Hey, Emma! Wie geht's?« Sie nickte Albert zu. »Ich bin Lipsi, Emmas beste Freundin.«

Albert schaute zu der Radfahrerin, die den Blick mit offenem Mund erwiderte. Er stellte sich vor und widmete sich wieder seinem Kakao.

Lipsi zog vom Nebentisch einen Stuhl heran. »Ihr erlaubt, dass ich mich zu euch setze?«

»Du bist ja schon dabei«, sagte die Radfahrerin.

Albert erhob sich. »Dann braucht es mich ja nicht mehr.«

Die Weizenblonde sah auf sein Glas. »Sorry, ich wollte dich nicht verscheuchen. Du hast noch nichts getrunken.« Sie schob sein Getränk samt Untertasse näher zu ihm. Er winkte ab und zog die Geldbörse hervor. Die Weizenblonde stand auf und stellte sich vor ihn hin. »Nein, du darfst nicht gehen, ich gehe. Ich will Emma nur schnell Hallo sagen, dann bin ich weg.«

Die Radfahrerin erhob sich ebenfalls. »Genau, so nicht. Du hast mir eine Aussprache versprochen.«

Sie setzten sich wieder. Die Radfahrerin schwieg. Auch ihre Freundin sagte nichts, zumindest nichts Verständliches, stattdessen sah sie zu der Radfahrerin und machte Gesten. Die Radfahrerin flüsterte kaum hörbar: »Wir sind am Streiten.«

Albert trank schlückchenweise und schaute zu, wie sich die beiden weiter stumm unterhielten.

Auf einmal wandte sich die Weizenblonde an ihn. »Wie kommt es eigentlich, dass wir uns noch nie gesehen haben?« Albert schwieg. »Wie lange seid ihr schon zusammen?«, fragte sie weiter.

»Ein Jahr«, sagte die Radfahrerin.

»Hättest du gern.« Er stellte das Glas ab, es klirrte auf der Untertasse.

»Warum?«, fragte die Weizenblonde. »Habt ihr euch schon früher kennengelernt?«

Die Radfahrerin nickte. »Aber seit einem Jahr ist es offiziell.« Er biss sich auf die Unterlippe.

»Du hast mir nie von Albert erzählt.«

»Sie stalkt mich.« Er wollte sich den Unsinn nicht länger anhören. »Sie denkt, ich bin ihr Freund.«

»Nicht Freund, du bist mein Mann«, sagte die Radfahrerin.

»Auch noch verheiratet? Das ist ja lächerlich.« Er setzte das Glas an und leerte es in einem Zug.

»Ihr habt geheiratet?« Der Weizenblonden stand der Mund offen. Die Radfahrerin presste die Lippen aufeinander, Albert griff in seine Tasche. »Albert.« Die Weizenblonde packte seinen Arm und hinderte ihn daran, die Geldbörse hervorzuholen. »Das ist so Emmas Redensart! Mit ›mein Mann‹ meint sie ›mein Freund‹.«

»Ich bin auch nicht ihr Freund. Wir sehen uns heute zum ersten Mal.«

Die Weizenblonde zog ihre Hand zurück und starrte auf Emma. Albert legte ein paar Geldstücke auf den Tisch, weg war er.

»Jetzt musst du mir ganz viel erklären«, sagte Lipsi und winkte dem Kellner. Sie bestellte einen Milchkaffee. Emma wollte nichts. »Du musst was bestellen. Die Restaurants müssen auch leben.«

Emma beugte sich zu ihrer Freundin und flüsterte: »Ich will eine Brausetablette.«

»Bringen Sie uns zwei Milchkaffee.« Der Kellner ging, Emma schaute zur Seite. »Krieg dich wieder ein.« Lipsi klang beschwichtigend. »Es ist doch kein Unglück, wenn du mal nicht deine Brausetablette bekommst.«

Emma schnaubte. »Mal? Nie bekomme ich, was ich will. Jetzt läuft mir auch noch der Mann davon.«

»Hey, das mit deinem Typen kriegen wir gebacken. Und wenn du mich wieder mal besuchst, kaufe ich dir ein ganzes Röhrchen. Jetzt erzähl.« Emma fuhr sich über den Mund. »Komm schon, ich bin mega gespannt.«

»Wann haben wir uns das letzte Mal gesehen?«, fragte Emma.

»Das spielt jetzt keine Rolle. Erzähl, was ist passiert?«

Emma verkeilte die Finger ineinander. »Ich habe meine Ausbildung abgebrochen …«

»Welche Ausbildung? – Na, ist jetzt nicht wichtig. Erzähl von Albert.«

»Erzähl du doch aus deinem Leben.«

»Was willst du hören? Bei mir ist alles wie immer: Stress mit Hugi, Stress mit meinem Chef.« Lipsi hielt den Kopf schräg. »Jetzt du. Bei dir brennt das Haus nieder und wir reden über meinen Stress oder deine abgebrochene Ausbildung.«

Emma schaute zum Ausschank, die Kaffeemaschine zischte. »Aber du bist auf meiner Seite?«

»Natürlich«, antwortete Lipsi. »Ab jetzt bin ich ausschließlich für dich da, bis du deinen Typen wiederhast.« Emma schüttelte den Kopf. »Doch!«

»Seit wann kümmerst du dich um mich?«

»Hey! Ich bin deine Freundin!«

»Die Tag und Nacht Zeit für mich hat?« Emma verschränkte die Arme. »Warum spazierst du eigentlich an einem Montag hier rein? Hast du dich krankgemeldet?«

»Das könnte ich dich genauso fragen. Ich habe montags immer frei.«

»Und ich habe Urlaub!« Emma schrie beinahe.

Lipsi schnellte zurück. »Was ist los? Bist du wieder mal Tiefbauingenieurin?«

»Ich bin immer down, falls du das noch nicht bemerkt hast.« Sie wischte sich über die Augen und trocknete die Hand am Shirt ab. »So eine Beziehung schlaucht. Aber ich gebe nicht auf.«

»Warum so verbissen? Du kannst doch auch etwas lockerer mit ihm …«

»Komm mir doch nicht mit solchen Spinnereien. Ich will ihn richtig. Und ja, ich bin eifersüchtig. Das soll er kapieren!«

»Das hat er gecheckt«, sagte Lipsi.

»Meinst du?«

»Und ich lebe nicht in einer offenen Beziehung«, sagte Lipsi. »Hugi will das nicht, deshalb halte ich mich dran.«

»Siehst du: Wenn dein Typ was sagt, spurst du. Und umgekehrt? Hast du ihm mal von deinen Bedürfnissen erzählt?«

»Bin gerade dabei.« Lipsi schaute sich im Restaurant um, als könnte ihr Freund irgendwo sitzen und zuhören.

»Und die wären?« Emma klopfte mit den Fingern auf den Tisch.

»Dass er auch wieder mal was organisiert. Wenn ich nichts mache, läuft nichts.«

»Deine Sorgen möchte ich haben.« Emma ließ die Arme fallen. »Wenigstens sieht er dich. Albert sieht nur Luft, wenn er in meine Richtung schaut.«

»Vielleicht bist du auch Luft für ihn.«

»Danke, das habe ich jetzt gebraucht.«

»Sag mir doch mal: Warum willst du unbedingt ihn?«

»Hast du schon mal was von Seelenverwandtschaft gehört?«

»Das ist doch Quatsch.« Lipsi nahm Alberts Tasse in die Hand und schaute hinein.

»Als ich ihn das erste Mal gesehen habe …
Bei einer Beratung war das. Er kam ins Bespre-
chungszimmer und brachte meiner Mentorin
die Lesebrille, die hatte sie zu Hause vergessen.
Da wusste ich: Er ist es.«

»War die Mentorin zufällig seine Freundin?«

»Sie wohnten in einer WG zusammen, das
war alles.« Lipsi warf einen Blick auf ihr Handy. »Musst du gehen?«, fragte Emma.

»Ein paar Minuten habe ich noch.«

Emma klatschte mit der Hand auf den Tisch.
»Schwirr ab. Ich komme ohne dich zurecht.«

»Nein, kommst du nicht!«, sagte Lipsi. »Und
sei endlich offen, wenigstens mir gegenüber.«

»Und was soll ich tun, wenn du mich auch
noch verlässt?«

»Ich verschiebe mein Treffen.« Lipsi tippte
eine Nachricht ins Handy. »So. Und jetzt erzähl endlich, du Nervensäge.«

Emma legte die Hände mit den Innenflächen
nach oben auf den Tisch. »Die ersten Wochen
ging es gut.« Sie drehte eine Hand um. »Doch
dann fing er an, mir auszuweichen. Mehrere
Tage ist er nicht nach Hause gekommen.«

»Hat er eine andere?«

Emma ließ die Schultern hängen. »Aber er kommt bei ihr nicht an. Ich verhindere die Verabredungen, wo ich kann.«

»Ach Emma, immer noch die Alte. Du bist keine Stalkerin, sondern ein Eifersuchtsbrocken.«

»Du würdest deinen Mann auch davon abhalten, dass er fremdgeht.«

»Ich würde ihn verlassen«, antwortete Lipsi. Emma schaute sie eindringlich an. »Was ist?«

»Verlassen?«, fragte sie. »Ich dachte, dir gefallen offene Beziehungen?«

Lipsi winkte ab. »Wie oft geht er zu ihr?«

»Selten. Eigentlich nie. Ich habe das von Anfang an verhindern können. Aber er tyrannisiert mich deswegen.«

Lipsi holte ein Taschentuch hervor und tupfte Emmas Wangen ab, obwohl da gar keine Tränen waren. »Und warum hast du mir nie von Albert erzählt?«

Emma stieß Lipsis Hand weg. »Du und ich, wir haben uns lange nicht gesehen, da gab es gar keine Gelegenheit.«

»Es gibt ja Telefon. Ich dachte, wir erzählen uns alles.« Emma schaute auf den Nebentisch. Der Kellner kam und brachte die zwei Kaffees.

Lipsi schob ihr Getränk beiseite und lehnte sich über den Tisch. »Wie tyrannisiert er dich? Erklär mal.«

»Er tut ständig, als ob er mich nicht kennt. Dann macht er mit der anderen ein Date, aber die will ihn gar nicht.«

Lipsi langte nach ihrem Kaffee. »Vielleicht erträgt er nicht, dass du ›mein Mann‹ sagst. Er denkt dann, du fühlst dich verlobt, und das geht ihm zu schnell.«

»Meinst du?« Lipsi nahm einen Schluck. »Ich sage auch ›Freund‹ oder ›Liebling‹, aber das kommt auch nicht gut an.« Emma schob ihre Tasse Lipsi entgegen. »Er weicht jedem Gespräch aus. Seit zwei Monaten redet er überhaupt nicht mehr mit mir.«

Lipsi nickte.

»Und diese Woche begleite ich ihn jeden Tag auf sehr anstrengende Radtouren. Obwohl mich das anödet wie nur irgendwas. Und er – er behandelt mich wie Luft.«

»Vorhin hat er gesagt, dass er dich heute zum ersten Mal gesehen hat«, bemerkte Lipsi. »Denkst du, er ist ein Psychopath?«

Emma zuckte mit den Schultern. Lipsi zog Emmas Tasse ganz zu sich heran. »Wie kann ich

erreichen, dass er mir zuhört?«, fragte Emma.
»Nur zuhört. Dann kann er sagen, was er will.«
»Warte, mir kommt eine Idee.«

Der Bruder

Sie wechselten in eine Bar, Lipsi brauchte einen Scotch. Emma bestellte Kaffee, damit Lipsi nicht wieder herumdiskutierte.

»Du trinkst ja nicht mal Alkohol«, sagte Lipsi. »Hast du überhaupt ein Laster?«

»Natürlich. Ganz viele. Aber die behalte ich für mich.«

»So? Aber mir verrätst du ein paar von deinen Geheimnissen.«

Emmas Blick folgte den Schuhen eines vorbeigehenden Gastes. »Ich will über deine Idee reden.«

»Zuerst mal: Du bist peinlich, sorry, ich meine, zu direkt. Das kommt beim andern nicht gut an. Du willst ja auch nicht, dass er sagt: Deine Frisur erinnert mich an meine Großmutter. Oder: Du könntest mal lächeln, statt mit der Miene einer Bestattungsunternehmerin rumzulaufen, die nonstop Überstunden macht.«

Emma griff sich an den Mund, in die Haare. »Wie soll ich mich denn verhalten?«

Lipsi schüttelte den Kopf. »Erzähl mir von deinen Lastern. Ich muss wissen, wozu du fähig bist.«

»Und du kannst den Mund halten?«

»Klar, du kennst mich doch.«

Ja, sie kannten sich seit der Schulzeit. Was man Lipsi sagte, wusste bald der ganze Schulhof. Aber sie hatte immer hilfreiche Ideen. Und so eine brauchte Emma jetzt. »Ich habe heimlich geheiratet«, sagte sie. »Vor zwei Monaten.« Lipsi stellte das Glas ab. »Im Ausland, meinen Albert«, fügte Emma hinzu.

»Warum hast du mich nicht eingeladen? Ich wäre dir überallhin gefolgt.«

Emma schüttelte den Kopf. »Wir haben niemanden eingeladen. Und unsere Pässe, Führerscheine und all die Dokumente werden noch umgeschrieben.«

»Vor zwei Monaten? Ist das nicht genau seit Albert dich verleugnet?« Emma schloss die Augen, Lipsi hatte es erfasst. »Willst du ihn nicht einfach gehen lassen? Heute geht eine Scheidung ganz einfach über Internet.« Lipsi holte ihr Handy hervor.

»Lipsi«, hauchte Emma. »Hilf mir, ihn wiederzugewinnen.«

Lipsi legte das Telefon beiseite. »Hier meine Strategie.« Sie umfasste mit beiden Händen den Scotch. »Wir laden Albert zu einem Gespräch zu dritt ein.«

»Das hatten wir doch eben, es hat nichts gebracht.«

»Nein, der Dritte ist jemand aus seinem Kreis. Er soll das Gefühl haben, dass jemand dabei ist, der zu ihm hält.«

»Und wer hält zu mir? Du kommst mit. Ich brauche auch eine Stütze.«

»Okay. Aber ich kann nicht still bleiben. Und ich finde ihn einen Flachkopf.«

»Warum denn?«

»Also weißt du! Einer, der dich derart abweist? Da dreht sich mir der Magen um. Unmöglich!«

»Albert hat auch gute Seiten.«

»Ja. Gute Seiten. Die sehe ich überhaupt nicht.«

»Er kann kochen, er ist lustig, er bringt mir ab und zu Blumen mit.«

»Uff, Blumen! Fühlt er sich schuldig?«

»Nein, er – bei ihm ist das anders. Blumen von ihm bedeuten, dass er mich liebt.«

Lipsi schüttelte den Kopf. »Er will sich entschuldigen. Er müsste dir täglich einen Strauß mitbringen.«

Emma ließ die Schultern hängen. In Wahrheit hatte er ihr schon seit langem keine Blumen mehr mitgebracht.

»Blumen und dann diese ständigen Abweisungen. Wie geht das zusammen?«, fragte Lipsi. »Kommt er mit einem Blumenstrauß angetanzt und sagt, er kennt dich nicht?« Emma senkte den Blick. Lipsi nickte. »Und wann hat er das letzte Mal für dich gekocht?«

Auch schon eine Ewigkeit her.

Lipsi griff nach ihrem halb gefüllten Glas.

»Er ist lieb«, flüsterte Emma.

»Wen sollen wir zum Gespräch einladen? Auf wen hört er?«

Emma zuckte mit den Schultern. »Er hat einen Bruder, aber er hat Zoff mit ihm.«

»Her mit seiner Nummer.« Lipsi öffnete ihr Telefon.

»Mir wäre lieber, wenn er nicht mit einbezogen würde. Das kann furchtbar peinlich werden.«

»Jetzt nur keine Ausreden. Es geht um dein Liebesleben.«

Sie hatte recht. Emma durchsuchte die Kontakte in ihrem Handy, Alberts Bruder war nicht eingetragen. Klar! Sie klatschte sich mit der Hand an die Stirn. Albert und Paul hatten seit Jahren Streit, sie hatte keinen Grund, ihn einzutragen. Hatte Albert nicht auch eine Schwester? Emma durchsuchte von Neuem die Adresseinträge. Dann warf sie das Telefon auf den Tisch. Sie hatte Alberts Schwester nie kennengelernt. Warum hatte Albert seine Verwandtschaft vor ihr versteckt?

»Ich muss sein Handy haben«, sagte Emma.

»Nein, das verbiete ich dir, das ist Privatsache.«

»Aber darin steht die Telefonnummer seiner Schwester.«

»Der Bruder ist besser«, erwiderte Lipsi. »Ein Mann gibt ihm größere Sicherheit. Wie heißt er?«

»Paul Wegmüller. Aber der Streit mit ihm ist enorm. Ich habe ihn nie gesehen, keine Telefonnummer, nichts.«

»Und die Schwester? Kennst du die persönlich?« Emma verneinte. »Oh je«, sagte Lipsi. »Wir gehen. Beim Laufen kommt mir eine Idee.«

Kaum aus der Bar, stieß Lipsi ein »Hurra!« aus. »Wir arrangieren ein Versöhnungsgespräch zwischen Albert und seinem Bruder. Du nimmst dann Partei für ihn und ich für den Bruder. Egal, was rauskommt, am Schluss sieht jeder, dass ihr ein Paar seid.«

»Meinst du, das funktioniert?«

»Sicher.« Nach wenigen Sekunden streckte sie Emma ihr Display entgegen: »Wer von den beiden ist er?«

Die erste Telefonnummer lautete auf einen Paul Wegmüller, die zweite auf ein Päulchen Wegmüller.

»Paul, das muss er sein«, sagte Emma. »Ich glaube nicht, dass er sich Päulchen nennt.«

Lipsi tippte auf die Telefonnummer. Nach einem kurzen Wortwechsel leuchteten ihre Augen. Emma machte ein paar Schritte zur Seite, sie war nicht in der Stimmung, Lipsis Gezirpe mitanzuhören. Lipsi steckte das Telefon weg, ihre Augen leuchteten immer noch. Emma sah sie fragend an. »In einer halben Stunde im Klus. Montags arbeitet er erst nachmittags.«

»Klus?«

»Dort halten sich vor allem Hipster auf. Kennst du das nicht?« Emma schüttelte den Kopf. »Brauchst du auch nicht. Die Männer dort sind nicht an einer Beziehung interessiert.«

»Warum hat er so schnell zugesagt?«

»Er hat gesagt, ich hätte eine sympathische Stimme.«

»Pass auf, du hast einen Mann!«

Lipsi tat Emmas Warnung mit einer Handbewegung ab.

Emma und Lipsi warteten vor zwei Milchkaffeetassen im Klus. Leises Gemurmel der anderen Gäste, kaum hörbare Musik aus unsichtbaren Lautsprechern. Lipsi legte ihr Handy auf den Tisch, hob es auf, legte es wieder hin.

»Meinst du, er sagt im letzten Moment ab?«, fragte Emma.

»Warum sollte er? Ich schaue bloß, wie viel Uhr es ist. Noch acht Minuten.«

Zwei Tische weiter saßen zwei Männer, der eine im karierten Hemd, der andere trug eine Brille mit dickem Gestell. Und beide mit einer Man-Bun-Frisur. Jetzt schaute einer rüber, auch der andere wandte Emma den Kopf zu, der erste lächelte und nickte. Sie sah schnell weg.

Lipsi beugte sich erneut über ihr Telefon.

»Er kommt.« Emma strich Lipsi sanft über den Arm.

»Ich weiß, er kommt. Jetzt sind es noch sieben Minuten. Meine Hände sind schon ganz feucht.« Lipsi rieb sie an der Hose ab.

Blitzartig zog Emma ihren Arm zurück. »Ich möchte nicht, dass du was mit Paul anfängst.« Lipsi starrte auf die Eingangstür. »Und du flirtest auch nicht mit ihm. Es geht um Albert, und er muss mir helfen.«

»Lass jetzt.« Lipsi starrte wieder aufs Handy.

Emma schaute zu den zwei Männern rüber. Als hätten sie das gespürt, drehten ihr beide im selben Moment den Kopf zu und lächelten. Sie schaute schnell zur Tür. Ein Kerl mit halb offenem Hemd stand auf der Schwelle und sah sich um. Das musste Paul sein. Sie hatte ihn noch nie gesehen, aber sein Gesicht ähnelte Alberts.

Sie stupste Lipsi mit dem Ellenbogen an.

»Das ist er nicht«, flüsterte Lipsi. »Schau dir das Hemd an, vor einer Stunde gekauft, und wie er es trägt, eine Seite hängt aus der Hose.« Sie schaute auf ihr Handy. »Und überhaupt, er wäre sechs Minuten zu früh.«

»Das ist er.«

»Kennst du ihn jetzt plötzlich doch?« Lipsi hob den Arm, worauf der Mann mit einem breiten Lächeln auf sie zukam.

»Hallo, ich bin Paul. Wer von euch ist Lipsi?« Er schob einen Stuhl zurecht. »Halt, nichts sagen. Ich will sie an der Stimme erkennen.«

»Hallo Paul«, sagte Lipsi. »Klasse Hemd. Woher hast du es?« Es war braun und kurzärmlig, ein grünes Krokodil war aufgestickt.

»Ich bin Verkäufer im Klamo.«

»Klamo?« Emma neigte den Kopf, um das Krokodil genauer zu betrachten, das vertikal aufgenäht war.

»Jeans, Hemden, Socken. Alles für den frisch ausgezogenen Mann.«

Emma schätzte Paul auf etwa achtundzwanzig. »Bist du Alberts älterer Bruder?«

Er lächelte mit geschlossenem Mund.

Lipsi streckte die Arme über den Tisch und berührte beinahe eine von Pauls Händen. »Also, wer von uns hat nun die sympathische Stimme?«

Paul schaute zwischen beiden hin und her und lächelte dann Lipsi zu. »Du bist Lipsi. Aber ihr habt beide sehr sympathische Stimmen.« Sein Blick blieb an Lipsi hängen. Diese erwiderte den Blick und beugte sich in Zeitlupe nach vorn, den Mund leicht offen, als bestünde ihr Körper aus schmelzender Butter.

»Verzeihung«, sagte Emma, »habe ich dich zu alt geschätzt? Ich bin Emma.«

Lipsi fing sich wieder. »Und sie hat ein Riesenproblem. Damit wären wir bei unserem Anliegen.« Sie warf Emma einen Blick zu, der sagte, sie solle sie reden lassen, und schaute wieder zu Paul. »Emma ist mit Albert zusammen.« Paul lehnte sich zurück. »Nein, nein«, sagte Lipsi. »Wir erwarten nichts Unmögliches von dir. Wir wissen, dass du nicht gut mit deinem Bruder auskommst.«

»Nicht gut? Wie kommst du darauf?« Lipsi schaute auf Emma, die zuckte mit den Schultern. »Wir sehen uns nicht oft«, sagte Paul. »Und vor vier Jahren habe ich mal was mit seiner Freundin gehabt. Aber er hat sich sowieso kurz vorher von ihr getrennt. Ich dachte, das war gegessen.«

»Eben nicht.« Emma beugte sich vor. »Er ist nachtragend.«

Paul zuckte mit den Schultern und machte ein Gesicht, als würde er sagen wollen, dass das nun mal so ist.

»Mach wieder Frieden mit deinem Bruder«, sagte Lipsi.

Paul lachte. »Wir haben keinen Streit. Er verhält sich manchmal sonderbar.«

»Aber meine Freundin hat Streit mit ihm.« Lipsi deutete mit dem Kopf zu Emma.

Paul beugte sich über den Tisch. »Was macht er Dummes?«

Emma winkte ab. Sie wollte ihr Leid nicht vor ihm ausbreiten, sollte Lipsi es tun.

»Er hört ihr nicht zu«, sagte Lipsi und schaute zu Emma. »Darf ich es ihm erzählen?«

Emma nickte.

»Er hat eine andere. Und seit einem Jahr sagt er ihr täglich, dass er sie nicht kennt und dass sie ihn stalkt.«

Emma schüttelte Lipsis Arm. »Seit zwei Monaten.«

»Ja«, sagte Lipsi gedehnt. »Erst das mit der anderen, und seit zwei Monaten weicht er ihr komplett aus. Kommt dir das bekannt vor?« Er nickte. Emma horchte auf.

»Das hat er schon als Kind gemacht«, erklärte Paul. »Mich hat er auch eine Zeitlang nicht mehr kennen wollen, ich war damals zwölf. Ständig hat er solche verrückten Sachen gemacht.«

»So, was denn noch?«, fragte Lipsi.

»Einmal, als er bei einem Klassenkameraden war, hat er zu dessen Eltern gesagt, dass er auch ihr Sohn ist. Er wollte partout nicht nach Hause. Unsere Mutter musste ihn abholen.«

Emma tippte Lipsi an und forderte sie stumm auf, endlich die zentrale Frage zu stellen. Lipsi schob Emmas Finger weg und setzte dazu ihr Lass-mich-einfach-machen-Gesicht auf.

»Paul, ist er nicht ganz dicht?«, fragte Lipsi.

»Nein, nein.« Er streckte die Beine unter dem Tisch. »Er ist harmlos, falls du das meinst.«

Lipsi berührte Emma und bedeutete ihr, sie solle Albert besser ziehen lassen.

»Er ist mein Mann«, flüsterte Emma.

»Mann?«, fragte Paul. »Wollt ihr heiraten?«

»Sie haben geheiratet«, sagte Lipsi. »Im Ausland.« Sie neigte sich zu Emma. »Wo genau war das?«

»In Las Vegas.«

»Wohl kaum«, sagte Paul. »Albert steigt in kein Flugzeug.«

»Sie sind mit dem Schiff gefahren«, sagte Lipsi schnell, »eine romantische Kreuzfahrt.« Sie schubste Emma an. »Erzähl du es ihm!«

»Wie kommst du darauf, dass wir eine Kreuzfahrt gemacht haben?«

»Ihr habt bestimmt nicht auf einem Frachter angeheuert.«

Paul lachte. »Das würde ihm ähnlich sehen.«

»Wir sind geflogen«, sagte Emma. »Ein ganz normaler Linienflug, Economy. Soll ich dir die Flugnummer zeigen?«

Lipsi wich zurück. »Entschuldige, aber Paul hat doch gesagt, dass Albert nicht fliegt.«

Emma wandte sich zu Paul. »Hilfst du mir, Albert zur Rede zu stellen?«

»Was erwartest du von mir?«

»Wir dachten, wenn du dabei bist, rennt er nicht gleich davon«, sagte Lipsi.

»Albert ist nicht der Typ, der vor Schwierigkeiten davonrennt«, sagte Paul.

»Doch«, widersprach Lipsi. »Eben waren wir zu dritt in einem Café. Für mich ist er einfach ein …« Emma zwickte Lipsi in den Arm, sie verstummte.

»Gut«, sagte Paul. »Wir können uns treffen. Wann wollen wir das machen?«

»Jetzt«, sagte Emma.

Paul wiegte den Kopf hin und her. »Ich weiß nicht, ob mein Brüderchen heute kann. Wir müssen ihm schon ein paar Termine zur Auswahl anbieten.«

»Jetzt! Nicht heute«, sagte Emma. »Er hat Urlaub und verbringt den zu Hause. Wenn er nicht kommt … Er kommt. Er muss!«

Paul schüttelte den Kopf.

»Emma«, sagte Lipsi. »So kommst du bei ihm nicht weiter, niemand mag Druck.«

»Wie soll ich es denn dann machen?«

»Vertrau auf Pauls Diplomatie.«

Der tippte eine Nummer ein und schaute auf die Uhr. »Wir können uns im Klamo treffen«, sagte er, bevor er das Gerät ans Ohr hielt. »In einer halben Stunde öffne ich. Montags ist meistens nichts los, aber wenn Kundschaft kommt, muss ich bedienen.«

»Klar«, sagte Lipsi.

»Sag nichts über mich«, sagte Emma. »Sonst kommt er vielleicht nicht.«

»Ich sage, wie es ist«, sagte Paul.

Albert meldete sich auf der Gegenseite mit seinem »Ja, hier Albert Wegmüller«. Dass er immer so übertrieben ins Telefon brüllen musste.

»Ich sitze hier mit zwei sympathischen jungen Damen in einem Café«, sagte Paul. »Eine von ihnen sagt, dass sie dich in Las Vegas geheiratet hat. Ich wusste gar nichts davon.« Er drückte das Telefon näher ans Ohr. »Albert. Nicht so. Hast du im Moment zu tun?« Lipsi schaute besorgt auf Emma. Emma klopfte mit den Fingern auf den Tisch. »Bei mir im Geschäft«, sagte Paul ins Telefon. Lipsi lächelte. »Warum sagst du Nein?« Lipsis Miene verdüsterte sich. »Ich sage es ihnen.« Paul verabschiedete sich. »Ihr könnt erst mal mit mir kommen. Er überlegt sich noch, ob er kommt.«

»Was heißt das?«, platzte es aus Emma heraus.

»Mehr kann ich nicht für euch tun.«

Aussprache bei Kaffee

Albert schob das Telefon in seine Rückentasche. Er trug immer noch den Radanzug von M-Way und war auf dem Weg zu Vanessa, die er schon dreimal angerufen hatte. Sie war nur beim ersten Mal rangegangen. Wich sie seinen Anrufen aus? Er sah einen Handyshop und wollte es wissen.

Fünf Kunden standen im Geschäft, er musste warten. Hinter Glas betrachtete er das neueste Modell von Samsung und gleich daneben ein iPhone. Als er die Preise sah, schüttelte er den Kopf.

Endlich lächelte ihn eine Beraterin an. Sie kaute Kaugummi und hatte die Haare wie Papageienfedern gefärbt. »Hallo! Was kann ich für dich tun?«

»Ich brauche eine SIM-Karte, eine Prepaid.«

Sie hob die Brauen. »Nimm ein Abo. Wir haben gerade verschiedene Sonderangebote.«

»Das habe ich schon«, er zeigte auf sein Handy, »jetzt noch eine Prepaid.«

Die Beraterin zog die Nase hoch und zeigte auf einen Ständer. Hatte sie etwas dagegen? Er

pickte einen rot verpackten Flachkarton heraus. »Ist eine Prepaid so unüblich?«

»Soll ich ehrlich sein?«, fragte sie zurück.
Er nickte. Sie beugte sich näher. »Es gibt vier
Typen, die Prepaidkarten verlangen: Geld-
betrüger, Fremdgeher, Wenigtelefonierer und
Arme.« Sie blies eine grüne Haarsträhne zu-
rück, die ihr ins Gesicht gerutscht war.

»Und die, deren Freundin das Telefon nicht
abnimmt, weil sie die Nummer des Anrufers
kennt.«

»Stimmt«, sagte sie. »Das ist ein Grund, gehört aber zu Kategorie zwei.« Erneut blies sie
die Haarsträhne zurück.

Vor dem Geschäft wechselte Albert die SIM-
Karte und rief Vanessa an. Nach langem Klingeln ging sie ans Telefon. »Ja?« Sie war nicht
gerade freundlich, nicht mal ihren Namen hatte sie genannt.

»Hallo, ich bin es, Albert.«

»Ach du«, sagte sie kaum hörbar.

»Du bist nicht mehr ans Telefon gegangen.«

»Kunststück. Du rufst zehnmal hintereinan-
der an. Da habe ich einfach keine Lust.«

»Das tut mir leid, ich wollte dich nicht belästigen. Soll ich ein anderes Mal anrufen?«

»Jetzt bist du schon mal dran. Was gibt es?«

»Ich wollte bei dir vorbeikommen. Hast du Zeit?«

»Heute nicht. Ich liege auf der Dachterrasse und genieße die Sonne.«

»Vielleicht abends?«

»Albert, merkst du nicht, dass ich allein sein möchte?«

»Oh, entschuldige. Soll ich mich lieber gar nicht mehr melden?«

»Nein, das meine ich nicht. Aber ruf nicht ständig an, komm einfach vorbei. Wenn ich dich sehen will, lasse ich dich rein. – Aber heute nicht.«

»Gut. Du darfst mich auch unangemeldet besuchen.«

»Mache ich.«

Beinahe war er selbst zum Stalker geworden, zum Glück hatte er es gerade noch rechtzeitig bemerkt. – Gab er der Stalkerin ebenfalls eine letzte Chance, zu realisieren, was sie eigentlich tat.

Als Albert ins Geschäft kam, nahm Paul gerade ein Hemd von der Kleiderstange und hielt es einem Kunden hin. Paul umarmte seinen Bruder und nickte zum Pausenraum, vor dem ein Vorhang hing. Albert zog den Vorhang auf: Da saßen die Stalkerin und ihre Freundin auf Hockern, beide mit einem Kaffeebecher in der Hand.

Die Lippen der Stalkerin spitzten sich, als er eintrat. Am liebsten hätte er das Geschäft gleich wieder verlassen. Er ermahnte sich zu bleiben und sich anzuhören, was sie zu sagen hatte. Und wenn sie mal was anderes tat, als immer nur zu behaupten, seine Freundin zu sein – gut, dann würde er darauf eingehen.

Ein dritter Hocker stand nicht im Pausenraum.

»Ich habe gehört, hier gibt es eine Party.« Er setzte sich auf den Minitisch.

»Kaffee?«, fragte die Freundin.

»Ich kann mir selbst einen machen.«

»Kannst du auch normal reden? Emma hat ein Recht zu erfahren, was in dir vorgeht.«

»Hat sie das?« Er merkte, dass er im gleichen, spitzen Ton geantwortet hatte. Er stellte einen Becher in die Kaffeemaschine.

Die Freundin schüttelte den Kopf, die Stalkerin warf ein zerknülltes Taschentuch in den Papierkorb.

Nach einer Weile, in der niemand sprach und er dem Blick der Stalkerin, die die meiste Zeit auf seine Brust starrte, so gut wie möglich auswich, öffnete sich der Vorhang mit Schwung. »Der Laden ist leer, kein Käufer in Sicht.« Paul machte eine Handbewegung. »Beginnen wir.«

Albert zeigte fragend auf die Kaffeemaschine, Paul verneinte. Die Brüder stellten sich im Laden hinter der Kasse auf, die Frauen davor.

»Albert«, sagte Paul, »das ist Emma. Sie hat mir vor einer halben Stunde gesagt, dass ihr geheiratet habt. Ich frage dich noch mal: Ist sie deine Frau?« Er starrte auf Alberts Hände.

Albert spreizte seine Finger und drehte sie hin und her. Alle sahen, er trug keinen Ehering, überhaupt keinen Ring, nichts. Und Emma? Emma auch nicht. »Sie klebt seit heute Morgen an meinen Füßen«, sagte er. »Und folgt mir überallhin.«

»Du kennst sie also nicht?«

Albert zeigte Paul seinen Personalausweis. »Hier, ledig.«

Die Freundin stieß die Stalkerin an. Die langte in die Tasche, öffnete die Geldbörse, durchsuchte die Fächer und zupfte ab und zu eine Karte heraus. Alles mit spitzen Lippen. Sie steckte die Börse wieder in die Tasche. »Und?«, fragte die Freundin. Die Stalkerin schüttelte den Kopf. »Deinen Ausweis.«

Die Stalkerin beugte sich ans Ohr der Freundin und flüsterte für alle hörbar: »Die Dokumente sind noch nicht umgeschrieben.«

Die Freundin zog sie zum Pausenraum, schubste sie hinein und zog den Vorhang hinter sich zu. Paul faltete zwei Pullover zusammen, die auf dem Ladentisch lagen. Die beiden Frauen kamen wieder hervor, die Freundin schüttelte den Kopf.

»Jetzt glaubt mir Lipsi auch nicht mehr.« Die Stalkerin weinte beinahe. »Willst du mein Leben ruinieren?«

»Ich mache gar nichts«, sagte Albert.

»Emma«, fragte Paul mit Nachdruck, »seid ihr tatsächlich in Vegas gewesen?« Die Stalkerin schüttelte den Kopf. »Das heißt, du hast meinen Bruder nicht geheiratet?« Sie sank in sich zusammen. »Und warum lässt du ihn nicht in Ruhe?«

Sie richtete sich auf. »Weil er mein Mann ist!«

»Albert will dich nicht«, flüsterte die Freundin.

Emma weinte.

»Ich will sie nicht einfach nicht«, sagte Albert. »Ich kenne sie gar nicht.«

»Das stimmt nicht!« Die Stalkerin kreischte.

Ein Kunde betrat den Laden, Paul nickte ihm zu, blieb jedoch neben Albert stehen.

»Wenn wir uns vor einem Jahr unter normalen Umständen begegnet wären, hätte vielleicht was entstehen können«, sagte Albert. »Ich habe eigentlich nichts gegen dich. Aber diese Aufdringlichkeit …«

»So, du willst mich also?« Die Stalkerin beugte sich über den Stehtisch. »Und was ist mit der anderen?«

»Welche andere?«, fragte Paul.

»Vanessa, meine Freundin.« Albert zeigte auf den Kunden.

»Ich komme gleich!«, rief Paul dem Kunden entgegen.

»Wir sind seit einem Jahr zusammen«, sagte Albert. »Das habe ich dir doch erzählt.«

»Ich habe vergessen, dass sie Vanessa heißt.«
Paul nickte.

Die Freundin schob die Stalkerin beiseite und fragte Paul: »Du kennst Vanessa?«

Er hob die Schultern. »Nie gesehen, aber mein Brüderchen hat mir von ihr erzählt.«

Alle schwiegen. Der Kunde zog eine Hose von der Stange. Der Bügel blieb an einer anderen Hose hängen und riss sie herunter.

»Okay«, sagte die Freundin. »Ich entschuldige mich auch im Namen von Emma.« Sie nahm die Stalkerin am Arm und zog sie aus dem Laden.

»Albert, was du immer für Frauen anziehst!« Paul schüttelte den Kopf und schlenderte zum Kunden.

Albert sah zum Ausgang. Auf dem Bürgersteig gegenüber stand die Stalkerin und starrte herüber.

Die Paartherapeutin

Lipsi zog Emma weg. »Du kommst jetzt mit mir, dieser Albert ist nichts für dich.«

Emma hatte verloren. Am liebsten wäre sie noch einmal schreiend ins Klamo gerannt und hätte Albert »Blödmann« an den Kopf geworfen. Sie beherrschte sich.

»Warum sagst du, dass du ihn geheiratet hast?«

»Ich wollte es zementieren. Er ist mein Mann.«

»In deiner Fantasie, ja.« Lipsi schüttelte den Kopf.

»Warum glaubst du mir nicht? Du hast doch gehört, dass Albert manchmal komische Sachen macht.«

»Du ja auch. Ich wollte nur nicht vor Paul erzählen, wie du mir mal weisgemacht hast, dass der Typ, den ich damals kennengelernt habe, dein Freund ist.«

»Ich habe dich anschließend wieder mit ihm zusammengebracht.«

»Solche Dinge sind nicht lustig«, erwiderte Lipsi. Emma pflanzte ein Küsschen auf Lipsis Wange und hauchte warme Luft hinterher. Lipsi rieb sich ab. »Machen wir noch was?«

»Was denn?« Der Verkehr übertönte ihre Worte.

»Shoppen, quasseln. Wir können uns an den Rhein setzen.« Emma verzog den Mund. »Du hast heute einen super Tag!« Lipsi marschierte los.

Zwei Kombis preschten mit kurzem Abstand vorbei, sie schienen aneinanderzukleben. »Ich gebe nicht auf«, sagte Emma zu sich und rief Lipsi hinterher: »Albert ist mein Mann! Ich kann es dir beweisen!«

»So? Wie denn?« Emma hielt Lipsi ihr Handy mit dem Foto einer Heiratsurkunde hin. »Kannst du mir das rüberbeamen?«, fragte Lipsi. Sie vergrößerte das Bild und schob es hin und her.

»Hast du es?«, fragte Emma.

»Moment.« Nach einer Weile sagte Lipsi: »Nichts von Vegas, einfach hier im Standesamt am siebzehnten März. Ein Montag, ich hätte freigehabt. Hattest du einen Fotografen?«

»Klar.«

»Zeigst du mir die Fotos?« Lipsi kam näher.

Emma schüttelte den Kopf. »Die würde ich auch gern sehen, aber er hat noch nicht geliefert.«

»Warum nicht, hast du nachgefragt?«

»Ich habe im Moment andere Sorgen.«

»Wie heißt er?«

»Kurt. Seine Website ist traum1001.de.«

Lipsi tippte die Domain in ihr Handy. »Hier steht, dass seine Fotos spätestens in einem Monat fertig sind. Soll ich ihm mal eine Mail schreiben?«

»Lass das, das kann Albert machen.«

»Machen wir es gleich.«

»Nein!« Emma schrie. »Albert soll auch mal was tun!«

»Ja ja, beruhige dich.« Lipsi schaltete ihr Handy aus. »Dann zeig mir ein paar Selfies von euch.«

»Sicher nicht, die sind privat.« Lipsi runzelte die Stirn und nickte zu Emmas Handy. Mit einem kaum merklichen Mundverziehen gab Emma das Passwort ein. »Aber du vergisst sofort wieder, was du gesehen hast. Ich will keinen Knatsch mit Albert.«

»Du musst mir ja keine Bilder aus eurem Schlafzimmer zeigen.«

»Ich habe nur solche.« Emma lächelte unbeholfen und öffnete die Bildergalerie im Handy. »Hier, hier und hier«, sagte sie.

»Ich sehe nur Käfer, die über Erdschollen krabbeln.«

»Das war auf einem Spaziergang.« Sie wischte neue Fotos herbei.

»Jetzt sind es Bienen«, sagte Lipsi leise.

Emma wischte und wischte. Auf einmal kam ein Foto, auf dem sie mit geschminkten Lippen zum Betrachter hin küsste. »Das war's.« Sie schloss die Fotogalerie.

»Hast du dich da für die Hochzeit zurechtgemacht?«, fragte Lipsi.

»Das sind Fotos von einem Shooting.«

»Mit Albert? Zeig noch mal.«

»Nein, das kann ich nicht, ich sehe hässlich aus.«

»Ach was. Du kommst super rüber.«

»Echt?« Emma öffnete erneut die Galerie, sie sahen sich die Bilder vom Shooting an. Emma mit O-Mund und die Hände in die Höhe gestreckt, Emma auf einem Bein, das andere Knie umarmt und an die Brust gedrückt.

»Du bist die schönste Frau der Welt«, sagte Lipsi. »Wann war das?«

»Vorige Woche.«

»Ich will auch mal solche Fotos von mir«, sagte Lipsi. Emma wischte weiter. »Warst du da in einem richtigen Studio?«

»Er macht auch Outdoor.«

»Wie ist seine Mailadresse?«

»Traum1001.de.«

»Kurt? Der Hochzeitsfotograf?«

»Er macht auch Shootings.«

»Warum hat er dann diese Fotos schon geliefert und die von der Hochzeit noch nicht?«

»Du bist anstrengend. Vielleicht dauern Hochzeitsfotos einfach länger.« Emma steckte das Handy weg. »Ich habe dir jetzt Bilder gezeigt und erwarte, dass du mir glaubst.« Sie ließ die Schultern hängen.

»Okay, ich bin ja auf deiner Seite.« Lipsi drückte sie an die Brust. »Hey, ich habe gesagt, dass du dich auf mich verlassen kannst.«

»Danke«, flüsterte Emma.

An der nächsten Kreuzung überquerten sie die Straße. Auf der Mittelinsel mussten sie stehen bleiben, die Fußgänger hatten Rot.

»Ich bin müde. Sein Benehmen erschlägt mich«, sagte Emma.

»Macht eine Therapie. Wenn er nicht will, fang allein an.«

»Nein. Mit ihm würde ich das machen, aber allein nicht.«

»Kennst du noch Kim aus unserer alten Klasse? Die ist Therapeutin geworden.«

Die Ampel schaltete auf Grün.

»So ein Quatsch, die hat doch nicht mal einen Ausbildungsplatz bekommen.«

»Doch, auf dem zweiten Bildungsweg.«

»Blödsinn«, sagte Emma. »Sie hat den ersten noch gar nicht begonnen.«

»Sie hat eine alternative Ausbildung gefunden, ein Fernstudium. Und sie hat mir erzählt, dass bei vielen Paaren anfangs oft nur einer die Therapie will.« Lipsi tippte eine Nummer ins Telefon. Emmas Mundwinkel bogen sich nach unten. Kim! Sie war schon immer eine Hochstaplerin. Lipsi hielt sich das Handy ans Ohr. »Hey, Kim, wie geht's?« Emma ging ein paar Schritte voraus. Sie wusste nicht, ob sie wollte, dass eine Möchtegernpsychologin in ihrer Beziehung herumwühlte. An der nächsten Ecke wartete sie. Lipsi kam ihr entgegen. »Montag in zwei Wochen.«

»Du hast einen Termin gemacht? In zwei Wochen bin ich tot.«

»Was willst du? Therapeutinnen sind ausgebucht. Sie hat dir den frühestmöglichen Termin gegeben.«

Emma verschränkte die Arme. Lipsi nahm das Telefon noch mal zur Hand und ging zur

Seite. Diesmal blieb Emma in der Nähe, sie wollte mithören.

Lipsi redete mit wilden Gesten ins Telefon, halbe Sätze, abgehackte Worte. Dann schmunzelte sie. »Kim schiebt ein Kurzgespräch für dich ein, zwischen zwei Klienten. Weil sie dich kennt. In einer Stunde sollst du bei ihr sein.« Sie hob den Zeigefinger. »Aber nur fünf Minuten, und du musst ihr zum Dank was mitbringen.«

»Was für Klienten? Ihre Mutter und ihre Großmutter?«

»Okay«, sagte Lipsi, »manchmal erfindet sie welche.«

»Wie lange macht sie denn schon Therapien?«

»Sie fängt gerade an.«

»Und wann hat sie ihren Abschluss gemacht?«

»Sie ist dabei. Schnellkurs.«

»Ich gehe da nicht hin.« Emma wandte sich ab.

»Sei nicht so. Die Theorie muss sie wiederholen, aber sie darf schon mal mit der Praxis beginnen. Friseure brauchen auch Modelle.«

»Geh du doch!«

»Emma, du hast eine Krise! Und sie macht das Erstgespräch gratis!«

Diese Aufschneiderin! Aber Emma musste Albert rumkriegen, und vielleicht klappte das mit Kim. Er musste ja nicht erfahren, dass die eine Null war. »Aber du kommst mit«, sagte sie.

»Geht es um Probleme zwischen dir und mir? Die können wir ohne Therapeutin besprechen.«

»Nein, du hilfst mir, dass ich keinen Mist mehr rede. Ich habe heute schon zu viel gesagt.«

»Ja, hast du. Warum eigentlich?«

»Weil ich verzweifelt bin. Niemand glaubt mir.«

»Ich glaube dir. Und okay, ich komme mit. Aber du musst ihr sagen, dass du mich dabeihaben wolltest.«

»Natürlich. Das ist ja noch keine Therapie, ich will nur mal gucken.«

»Und du redest. Ich kann dich höchstens anstupsen. Kim wird nämlich gleich rabiat, wenn die Begleitperson anfängt zu reden.«

»Wie willst du das wissen?«

»Weiß ich eben.« Emma kniff die Augen zusammen. »Was willst du?«, fragte Lipsi. »Ich schiebe ihr gelegentlich neue Klienten zu und begleite sie zu ihr, sonst finden sie ihre Praxis nicht.«

»Warum? Empfängt sie die Leute unter der Brücke?«

»Sei still.« Lipsi hängte sich bei Emma ein. »Und heute Abend kommst du zu mir. Zwischen Hugi und mir ist es gerade schwierig, und wenn eine Freundin dabei ist, muss er sich benehmen.«

Kim hatte bereits ein Glas Wasser hingestellt. Als sie sah, dass Lipsi mitgekommen war, schaute sie Emma fragend an. Die nickte. Kim holte ein zweites Glas, füllte es mit Wasser und setzte sich hinter den Schreibtisch auf einen Bürostuhl. Sie hatte den Stuhl auf die höchste Einstellung fixiert, schon in der Schule war sie die Klassenkleinste gewesen.

Emma und Lipsi saßen auf Holzstühlen. Emma sah nirgends eine Vase für die zwei roten Tulpen, die sie gekauft hatte. Sie brach etwas von den Stielen ab, stellte die Blumen in ihr Wasserglas, stopfte die abgebrochenen Stiele in die Tasche und seufzte.

Kim nahm die Hundeleine, die sie auf dem Tisch liegen hatte, und spielte am Scharnier herum. »Wir gehen nicht ins Behandlungszimmer«, sagte sie. »Ich habe, wie bereits am Telefon gesagt, nur kurz Zeit.« Sie nickte Emma zu.

»Es handelt sich um meinen Mann«, sagte Emma. »Wir haben vor zwei Monaten geheiratet, und seitdem sagt er, er kennt mich nicht.«

Lipsi legte ihr Handy mit der Heiratsurkunde offen auf das Pult. Ohne draufzuschauen, schob Kim das Telefon beiseite.

»Was sagt er, wenn du ihn darauf ansprichst?«, fragte Kim.

»Dass ich ihm nicht folgen soll, dass ich ihn stalke, dass er mich heute zum ersten Mal sieht.«

»Er redet also. Frag ihn, was ihn an dir stört.«

»Ja, frag ihn das«, wiederholte Lipsi. Kim warf Lipsi einen erbosten Blick zu.

»Lipsi hat mir gesagt, dass du Paartherapie machst. Wie kann ich Albert dazu bringen, dass er das mit mir zusammen macht?«

»Frag ihn. Und gib ihm Zeit, sich zu ent-scheiden.« Emma ließ die Schultern hängen. »Du kannst auch allein beginnen und lernen, wie du mit der Situation umgehst.«

»Das bringt mir nichts«, erwiderte sie, »ich will ihn!«

»Vielleicht fühlt er sich bedrängt von dir? In einer Therapie lernst du, ihn zu verstehen.«

Emma verschränkte die Arme. »Das dauert mir viel zu lange. Und in der Zeit trifft er sich mit Vanessa und ich bin out.«

»Hat er eine Freundin?«

Lipsi, die stumm daneben saß, nickte. Kim beachtete sie nicht, sie schaute weiter fragend zu Emma.

»Ja. Nein. – Vielleicht ist sie nur eine Kolle-gin. Aber um die kümmert er sich ständig, und von mir will er nichts wissen.«

»Was ist sein Beruf?«

»Er arbeitet als Koordinator, beim Film, sagt er.« Kim hob die Schultern. »Ich kapiere das auch nicht«, sagte Emma. »Jedenfalls sind es keine DVDs, die er rumschicken muss. Irgend-was bei Filmarbeiten, nicht Kamera, auch nicht Regie oder Schauspiel. Ich weiß es auch nicht.«

»Vielleicht würde ihn freuen, wenn du dich mehr für seine Arbeit interessierst?«

»Erst soll er sich für mich interessieren!«

Kim nickte. Eine Pause entstand. »Habt ihr über eine Pause nachgedacht?«

Emma sprang auf. »Er soll einfach mein Mann sein! Wir sind verheiratet.«

Kim zeigte auf den Stuhl, Emma setzte sich wieder. »Bist du schwanger? Oder habt ihr gemeinsame Kinder?«

»Das wäre ja noch schöner.«

Niemand sprach mehr. Lipsi nahm einen Schluck Wasser.

»Ich verklage ihn«, flüsterte Emma. Kaum hatte sie den Gedanken ausgesprochen, schaute sie mit geneigtem Kopf zu Kim.

»Dafür bin ich nicht die Richtige«, sagte Kim, »aber ich rate dir davon ab. Das würde ein späteres Zusammenfinden massiv erschweren.«

»Das geht nun schon zwei Monate so.«

Kim nickte und ließ den Blick über die Agenda schweifen, die offen vor ihr lag. Es ließ sich nicht erkennen, um welche Woche es sich handelte, handschriftlich waren keine Termine eingetragen. »Ich habe einen Vorschlag, frag

deinen Mann, ob er mal allein mit mir sprechen möchte. Vielleicht ist er anschließend bereit, mit dir zusammen eine Therapie anzufan-
gen. Und wenn nicht, kann ich ihn fragen, ob
er mir erlaubt, dir eine Kurzfassung aus dem
Gespräch weiterzugeben.«

»Null eins fünf sieben …«, begann Emma
Alberts Telefonnummer aufzusagen.

Kim legte eine Visitenkarte auf den Tisch.
»Nein, er soll mich anrufen.«

»Er kommt nicht von sich aus.«

»Lass mich das machen.« Lipsi riss die Karte
an sich.

Therapiegespräch

Das Telefon klingelte, Albert nahm ab. »Hör
mir einfach zu und unterbrich mich nicht«,
erklang eine Frauenstimme. Es war nicht die
Stalkerin.

»Ja?« Er zögerte.

»Ich bitte dich, mit Kim zu reden. Sie ist
Paartherapeutin und ist mit Emma und mir
zur Schule gegangen. Nach diesem Gespräch

stellt dir Emma nicht mehr nach, dafür bürge ich.«

Die Frauenstimme verstummte. Sie klang wie die Freundin der Stalkerin, wie hieß sie noch mal?

Er hüstelte, um zu signalisieren, er höre weiter zu, aber die Frau blieb stumm. »Meinst du, das bekommst du hin?«, fragte er schließlich.

»Ich bin ihre beste Freundin.«

»Wie ist die Nummer?«

Albert hätte sich gern gesetzt, bevor er die Therapeutin anrief. Vielleicht konnte sie tatsächlich bewirken, dass ihm die Radfahrerin endlich nicht mehr nachstellte – und wenn nicht, dann vielleicht ihre Freundin. Er stand aber mitten auf einer Vorortstraße, und so tippte er die Nummer im Stehen ein. Es meldete sich eine Frau Soundso, den Namen hatte er nicht verstanden. Vielleicht, weil er mittlerweile so erschöpft war. »Ich soll mich bei Ihnen melden.«

»Hat Luisa Sie geschickt? Wegen der Sache mit Emma?«

»Eine Luisa kenne ich nicht.«

»Vielleicht hat sie sich Ihnen mit ›Lipsi‹ vorgestellt.«

»Oh. Sie heißt eigentlich Luisa?«

»Ja. Sie sind also mit einem Gespräch einverstanden?«

»Wenn es schnell geht.«

»Nun, es dauert so lange, bis Sie Ihre Sicht erklären konnten. Mal schauen.« Papier raschelte. »Da!«, sagte sie. »Montag in zwei Wochen.«

»Geht es nicht eher?«

»Tut mir leid, vorher bin ich ausgebucht.«

»Ich brauche keine ganze Sitzung«, sagte er. »Wir können uns gleich treffen. In fünf Minuten ist das Missverständnis abgehakt.« Sie schwieg. »Ich hätte die Geschichte gern geklärt«, sagte er mit sanfter Stimme. »Sie müssen verstehen, ich komme nur ihrer Freundin zuliebe zu dem Gespräch, und sie hält anschließend diese Klette von mir fern.«

»Meinen Sie mit Klette Emma?«

»Nun, sie ist sicher eine interessante Frau, aber …«

»Ausnahmsweise«, sagte die Therapeutin. »In einer Stunde kann ich eine kurze Pause einschieben.«

Albert nahm das Wasserglas in die Hand, nickte der Therapeutin dankend zu und trank es in einem Zug aus. Sie sah eher wie eine Geschäftsfrau aus als wie eine Therapeutin. Hochgebundene Haare, blauer Blazer. Ihren Namen hatte er wieder nicht verstanden und unten an der Haustür war auch kein Schild, das auf ihre Praxis hinwies. Auch an der Tür oben stand nichts, genaugenommen gab es da gar keine Tür. Es stand einfach ein Schreibtisch im Flur des fünften Stockwerks, gleich gegenüber dem Fahrstuhl, aus dem er gekommen war. Auf dem Tisch lagen ein Kalender und eine Hundeleine.

»Sie sind Sportler?«, fragte sie.

Oh, er hatte das Trikot noch an, war das unangebracht? »Ich habe eine Woche Urlaub und mache jeden Tag eine Radtour hier in der Gegend.«

»Und Sie waren heute schon unterwegs, oder fahren Sie nach unserem Gespräch erst los?«

»Wir wollten heute die Zweihornstrecke machen, doch irgendwas war mit meiner Freundin. Sie ist plötzlich wieder nach Hause gefahren.«

»Emma?«

»Nein, sie heißt Vanessa.«

Sie schaute ihn fragend an, und er erzählte ihr von der seltsamen Begegnung am Morgen mit Emma. Die Therapeutin nickte ständig. Er konnte nicht herausfinden, ob sie ihm glaubte.

»Kennen Sie Emma wirklich aus der Schule?«, fragte er. »Lipsi hat das gesagt.« Sie nickte. »War Emma schon damals so?«

»Was meinen Sie?«

»Na, dass sie sich an Wildfremde drangehängt hat.«

»Nun, das will ich hier nicht näher ausführen. Aber als jemandes Freundin hat sie sich nie ausgegeben.« Er griff nach dem Wasserglas, es war leer. »Sie sagen also, dass Ihre Freundin Vanessa heißt?« Er nickte. »Und wie kommt es, dass Emma beteuert, dass Sie mit ihr verheiratet sind?«

»Sagen Sie es mir. Ich denke, Sie kennen sie besser.«

»Sie haben mir am Telefon gesagt, dass Sie wegen Luisa das Gespräch mit mir gesucht hätten. Kennen Sie Luisa gut?«

»Lipsi?« Die Therapeutin nickte. »Sie ist offenbar Emmas beste Freundin. Ich habe sie heute zweimal gesehen, vorher nie.«

»Und wie oft haben Sie Emma gesehen?« Bei dieser Frage kniff die Therapeutin die Augen seltsam zusammen.

»Dreimal.« Er überlegte. »Ja, dreimal. Alle dreimal heute.«

Sie öffnete eine Tischschublade und dann eine andere. »Nehmen wir mal an, Sie kennen Emma tatsächlich nicht. Dann wäre es doch hilfreich, ihr das zu verstehen zu geben.«

»Ich dringe ja nicht durch bei ihr. Ich habe in ein Gespräch eingewilligt und bin mit ihr im Café gewesen. Aber sie hat die meiste Zeit nichts gesagt und nur so komisch geschaut. Und wenn sie was sagte, behauptete sie, dass wir eine Beziehung haben.«

Die Therapeutin nickte. Auf einmal sprang sie auf. »Etwas ist merkwürdig. Luisa hat mir vor einer Stunde einen Auszug aus dem Heiratsregister gezeigt. Ich habe ihn nicht näher betrachtet.«

»Meinen Sie, sie fälscht auch noch amtliche Papiere?«

»Moment.« Nachdem die Therapeutin mit überdeutlichen Bewegungen eine Nummer eingetippt hatte, drückte sie das Telefon ans Ohr und beobachtete den Fahrstuhl hinter Albert. Der Fahrstuhl summte. Er hielt nicht an und fuhr vorbei. Sie sprach einiges in den Hörer, das er nicht verstand, wohl zu dieser Lipsi, und fragte dann: »Und unten links, die kleine Nummer, was steht da?« Sie runzelte die Stirn, nickte und beendete das Gespräch. »Sie haben recht, der Auszug ist nicht gültig.«

»Hat Lipsi das gesagt?«

»Sie hat bestätigt, dass unten links nichts steht. Von Ämtern herausgegebene Auszüge haben dort eine Herkunftszeile. Die fehlt.«

»Warum macht diese Emma so was?«

Die Therapeutin wiegte den Kopf. »Das kann ich nicht sagen, tut mir leid.«

»Dann ist die Sache jetzt geklärt?« Er erhob sich. Sie beugte sich über den Kalender und blätterte darin. »Ich hätte noch eine Frage«, sagte Albert. Sie legte das Buch zur Seite. »Das ist nicht Ihr Sitzungszimmer?«

»Nein, wie kommen Sie darauf? Der Praxisraum wird gerade eingerichtet, ich musste heute hierher ausweichen.«

Er sah keine Schreibstifte oder offenen Papiere auf dem Tisch, nur das dicke Kalenderbuch mit lauter leeren Seiten. »Tun Sie mir bitte einen Gefallen?« Sie nickte. »Können Sie ihr sagen, dass sie aufhören soll, mich zu stalken? Sie kennen sie.«

Telefongespräch

Emma nahm das Gespräch entgegen, während ihr Lipsi immer noch das Handy der vergrößerten unteren Ecke des Heiratsregisterauszugs hinhielt. Eine Kellnerin in aufgeschlitzten Jeans band sich gerade die Schürze um die Hüften und warf im Vorübergehen einen Blick auf die Milchkaffees der beiden. Lipsis Tasse war schon leer. »Ja?«, meldete sich Emma.

»Hier Kim. Was soll das? Dein sogenannter Ehemann war eben bei mir. Er sagt, dass du ihm nachstellst, und das klingt plausibel für mich. Außerdem hat mir Luisa eben bestätigt, dass der Auszug nicht echt ist. Es ist nicht gut, was du da tust.« Emma beugte sich tief hinunter und nickte, ihr Kopf stieß beinahe an den Tisch. »Was sagst du dazu?«

»Es ist ganz anders«, flüsterte Emma ins Telefon.

»So? Wie denn? Ich habe jetzt keine Zeit, ein Klient wartet. Aber ich rate dir dringend, eine Therapie zu machen.«

»Ja, ich überlege es mir«, antwortete sie leise.

»Ich wünsche dir noch einen schönen Tag.«

Lipsi hatte das Gespräch beobachtet. »Wer war das?«, fragte sie.

»Kim.«

»Und? Was hat sie gesagt?« Emma schüttelte den Kopf. »Die bist du los«, sagte Lipsi. »Sie ist nicht so tolerant wie ich.«

»Du wendest dich ja jetzt auch von mir ab.«

»Emma, spinnst du? – Ja, du spinnst. Aber ich mag dich.«

Emmas Kaffeetasse stand noch unberührt am Tischrand. »Wie kann ich dich aufs Neue überzeugen, dass wir …?«, Emma beendete die Frage nicht.

»Wechseln wir das Thema.«

»Nein, ich will Albert.«

»Du musst ihn endlich in Ruhe lassen.«

»Niemals!«

»Wie stellst du dir das denn vor? Du hast ihn mit deinem Verhalten sooo weit von dir gestoßen.« Lipsi nahm ihre Arme auseinander. Dann griff sie nach Emmas Kaffeetasse. »So bekommst du nie einen Typen«, sagte sie, »mach es beim nächsten Mal klassisch.« Sie trank die Tasse halb leer. »Welche Eigenschaften soll dein Traummann haben? Was gefällt dir noch, außer dass er kochen können soll?« Sie trank die andere Hälfte.

»Red nicht so! Ich will keinen anderen.« Lipsi hielt den Kopf schräg, die Kellnerin schlenderte vorbei. »Ich habe es vergeigt«, sagte Emma. Lipsi nickte. »Und was soll ich jetzt tun? Hast du nicht einen deiner großartigen Tipps?«

»Ihn vergessen.« Emma schüttelte den Kopf. »Und zieh endlich dieses doofe M-Way-Trikot aus.«

»Ach, lass mich doch, das verbindet uns.«

Lipsi schob die leere Tasse auf die Seite, zog sie wieder zu sich und drehte sie um. »Du machst seit drei Stunden ein Gesicht, als ob du fortlaufend Zitronen isst. Du hast ein anderes Problem, nicht diesen Mann.«

»Geh doch! Dann muss ich halt ohne deine Hilfe an ihn rankommen.«

Lipsi streckte die Arme über den Tisch und berührte Emmas Fingerspitzen. »Emma, Liebste, du bist am Boden, ich kann dich jetzt unmöglich allein lassen.« Emma zog ihre Hand zurück. »Wollen wir auf dein tieferes Problem schauen?«

»Als wäre das so einfach.«

»Wir können es ja mal versuchen.«

»Mein Hauptproblem ist die Beziehung. Ja, ich könnte einen anderen haben, einen dritten, es würde nie klappen.«

»Wie viele Beziehungen hattest du denn schon?«

Emma zuckte mit den Schultern. Eine Zeitlang sprach niemand.

Lipsi setzte Emmas Kaffeetasse wieder an die Lippen, es rollten einzelne Tropfen heraus. »Eigentlich muss ich jetzt gehen.«

»Dann geh doch!« Emma schaute zur Theke.

»Nein, ich bleibe und verschiebe meine Verpflichtungen aufs Wochenende.« Lipsi tippte eine Textnachricht in ihr Handy. »Aber du musst mir nicht mehr weismachen, dass du schon länger mit ihm zusammen bist, ich bin nicht blind.«

»Warum hilfst du mir dann?«

»Weil du meine Freundin bist. Und weil ich eben eingesehen habe, dass er für dich Superman ist. Und so jemanden lässt man nicht entkommen. Nur musst du das anders anstellen.«

Alberts Telefon klingelte. Er zog es im Fahren aus seiner Rückentasche. »Ja?« Er verzog den Mund. »Ich dachte, du sorgst dafür, dass sich deine Freundin nicht wieder bei mir meldet.«

»Das tue ich auch«, antwortete Lipsi, »oder hat sie sich in der Zwischenzeit wieder bei dir gemeldet?«

»Nein. Und warum rufst du mich an? Ich habe mit eurer Klassenkameradin geredet, sie sieht die Sache wie ich.«

»Genau deshalb rufe ich an. Hör mir jetzt genau zu.« Er stieg vom Rad. »Emma meint es ehrlich, du bist ihr Traummann. Warum gibst du ihr keine Chance und triffst dich mit ihr? Und redest einfach normal mit ihr? Wenn es nichts wird, merkt sie das selbst.«

»Das glaube ich nicht. Und ich habe schon eine Freundin.«

»Das ist okay. Aber du kannst Emma ja noch mal treffen.«

»Und dann? Es ist doch klar, dass es mit uns nichts wird.«

»Das habe ich ihr auch gesagt. Aber ich glaube, sie braucht jetzt eine Art Abschiedsgespräch.«

»Abschiedsgespräch! Wir kennen uns nicht.«

»Mach es für mich. Ich bitte dich darum.«

Albert schob das Handy in seine Rückentasche zurück und schaute geradeaus. Die Straße flimmerte. Er hob sein Rad in die Luft und
drehte um.

Abschied bei Schokolade

Albert rührte das Schokoladenpulver im Glas
um, der Stiel des Löffels war etwas nach hinten
gebogen. Er schielte zu der Stalkerin, die teil-
nahmslos zusah. »Ich höre«, sagte er.

»Wollen wir uns nicht zu Hause ausspre-
chen? Hier ist es mir zu öffentlich.« Sie sah erschöpft aus.

»Ich weiß nicht, wo du wohnst.«

»Wir wohnen zusammen, im Pützseifenweg
5.«

Er hatte sich vorgenommen, sie nicht gleich
abzuweisen. »Dort wohne ich. Gut recher-
chiert. Was weißt du noch über mich?« Er be-
reute seine unbedachte Frage.

»Alles. Wir leben seit einem Jahr zusammen. Zuerst im Maigarten 6 und seit zwei Wochen im Pützseifenweg 5.«

Er schaute ihr lange in die Augen. Schließlich fragte er: »Weißt du, warum ich hier sitze?«

»Damit wir uns endlich wie zwei vernünftige Erwachsene unterhalten.«

»Ich habe es deiner Freundin versprochen, deshalb. Wo ist sie überhaupt?«

»Sie hat gesagt, ich soll mich allein mit dir treffen. Und nicht ständig behaupten, dass du mein Mann bist.« Er nickte. »Und nicht wieder aufbrausen. Das hat man bei einem Date nicht gern. – Was soll ich denn sagen?«

»Reden wir über Alltägliches und lernen uns ein bisschen kennen. Vielleicht beruhigt dich das.«

»Ich kenne dich ja schon.«

»Ich dich aber nicht.« Sie zuckte mit den Schultern. »Wo bist du zur Schule gegangen?«

»Ich kann doch nicht mein Leben von Neuem vor dir aufrollen, das ist doch doof.«

»Und diese Therapeutin – wie heißt sie noch mal?«

»Kim.«

»Kennst du sie auch aus der Schule? Wenn wir uns tatsächlich schon länger kennen würden, hättest du sie mir vorenthalten.«

Emma kniff die Augen zusammen. »Was willst du damit sagen?«

»Nur so ein Gedanke.« Er lächelte. »Sag schon, wer ist diese Kim? Sie sieht nicht wie eine Psychologin aus.«

»Macht dich das an?« Er winkte ab. »Ich habe sie seit der Schule nicht mehr gesehen. Erst heute wieder. Sie ist mir unsympathisch.«

»Warum hast du sie dann in dein Lügengebäude eingespannt?«

»Nenn das nicht so. Ich halte mich auch zurück und werfe dir keine Beleidigungen an den Kopf.«

»Einverstanden, das soll unsere neue Spielregel sein.« Sie sah über seine Schulter hinweg an ihm vorbei. »Habe ich dich verletzt?«, fragte er.

Sie schaute ihn an. »Das ist kein Spiel. Du bist mein Leben.«

Er zuckte mit den Schultern. »Halte dich an Kim. Sie hat den Durchblick.«

»Das ist mir peinlich«, sagte Emma. »Lipsi hat sie um Rat gefragt, ich hätte das nie getan. Ich habe Kim schon früher nicht gemocht, und jetzt denkt sie, ich bin verrückt.«

»Nun, wer würde das nicht denken?«

Emma musterte die Maserung der Tischplatte. Hübsch, wie sie wegschaute, sobald sie gekränkt war. Dieses Schmollen fand Albert ganz reizend, wie er sich eingestehen musste.

»Was hält denn Lipsi von dir?«, fragte er möglichst sanft.

»Sie glaubt auch, dass ich verrückt bin. Sie nimmt mich aber trotzdem an. Nur …« Sie sprach nicht weiter. Er beugte sich vor. »Ich will nicht, dass sie so von mir denkt.«

»Dann erfinde nicht weiter Märchen.«

Sie nickte. »Ich habe etwas übertrieben.«

»Du meinst mit dem Auszug vom Standesamt? Wie bist du eigentlich zu dem gekommen?«

»Den habe ich im Bildbearbeitungskurs gebastelt. Du kannst auch kommen, er geht noch drei Mal. So was magst du doch.« Er griff nach dem Kakao, der inzwischen trinkwarm war. »Entschuldige«, sagte Emma. »Ich bedränge dich schon wieder.«

Albert nickte, ohne das Glas abzusetzen. »Beim nächsten Mal, wenn du wieder so was sagst, muss ich gehen.«

Sie hauchte kaum hörbar: »Einverstanden.«

Er stellte das Glas auf die Untertasse. »Erzähl mir von deiner Verrücktheit. Was hast du noch so im Leben angestellt?«

»Machst du dich über mich lustig?«

»Nein! Ich finde es interessant, wenn jemand unkonventionelle Sachen macht. Bloß …« Sie wartete, und er setzte das Glas wieder an.

»Sprich es aus«, sagte sie. »Ich werde es verkraften.«

»Etwas mehr Fantasie könntest du schon zeigen.«

»Inwiefern bitte schön?« Sie verschränkte die Arme.

»Ich mag erfundene Geschichten, besonders solche mit unerwarteten Wendungen. Aber sag nicht immer: Mein Mann, du gehörst mir, ich will dich.«

»Aber es stimmt: Ich will dich. Was soll ich denn sonst sagen?«

»Du willst mich. Gut, das kann ich akzeptieren. Es beruht aber nicht auf Gegenseitigkeit.«

»Weil ich überdreht bin?« Er nahm den letzten Schluck. »Du bist auch spleenig«, sagte sie. »Habe ich eben gehört.«

»Wer hat dir das gesagt?«

»Das verrate ich nicht, und ich wusste es sowieso schon.« Sie kicherte.

»Emma!«, rief er. »Haben wir nicht gerade vereinbart, dass wir das Gespräch beenden, sobald du wieder behauptest, dass du mich kennst?« Sie senkte den Kopf. Er wischte sich mit der Papierserviette über den Mund. »Willst du mir eine letzte Frage stellen?« Sie schüttelte den Kopf. Er schob das leere Glas in die Tischmitte, stand auf und ging.

»Und wer soll bitte schön dein Getränk bezahlen?«, rief sie ihm nach.

»Diesmal bist du dran.« Er lächelte und verschwand.

Lipsi betrat das Kaffeehaus. »Er hat gegrinst.« Sie nahm auf dem Stuhl Platz, auf dem Albert gesessen hatte.

»Ja, weil er denkt, dass er mich abgewimmelt hat. Aber er kennt mich nicht.«

»Stopp, Liebste. Ich habe ihm versprochen, dass er mit dir noch dieses eine Gespräch führt,

ab jetzt lässt du ihn in Ruhe. Ich passe auf!«
Emma kniff die Augen zusammen. »Ich muss
jetzt los«, sagte Lipsi, »und dich nehme ich
mit.«

»Ich habe noch zu tun. Ich muss …«

»Nein, du gehst nicht zu ihm! Und ich brauche auch mal deine Hilfe.«

»Wenn es sein muss«, nuschelte Emma.

Tatort

Nach dem Gespräch zwischen Lipsi und Hugi
verabschiedete sich Emma von den beiden.
Lipsi begleitete sie zur Haustür.

»Danke. Ich glaube, Hugi hat es jetzt ge-
schnallt.«

»Wie kannst du ihn Hugi nennen?«, sagte
Emma. »Wenn ich er wäre, würde ich jedes
Mal aufstehen und gehen.«

»Was hast du? Er mag das.«

»Ich bin ernüchtert. Aber wenn du mit deinem ›Hugi‹ wieder Frieden hast, geht es wenigstens dir gut.«

»Emma, du bist immer noch down. Morgen muss ich arbeiten, aber bis abends habe ich mir einen genialen Plan ausgedacht, der dich in die Wolken katapultiert.«

Albert hatte gerade im Replay den *Tatort* vom Vortag gewählt und es sich mit einem Bier auf dem Sofa gemütlich gemacht, da klingelte es an der Wohnungstür. Kam Vanessa zu Besuch? Er stoppte den Krimi und schlenderte mit der geöffneten Dose zur Tür. »Wer ist da?«, sprach er in die Gegensprechanlage.

»Ich«, schepperte die Stimme der Stalkerin aus dem Lautsprecher.

Er gab sich einen Ruck, er wollte zumindest freundlich bleiben. Denn ein bisschen verstand er sie: Er hatte an diesem Tag ähnliche Gefühle gegenüber Vanessa, nur hatte er sich beherrscht. »Emma, bitte lass das.«

»Entschuldigung, aber ich fühle mich so allein.«

An der Öffnung seiner Bierdose bildete sich eine Blase. »Ich kann dich doch jetzt nicht auf ein Bier einladen.«

»Das wäre aber supertoll, wenn du das machst.« Albert kreiste zögernd mit dem Finger vor dem Türöffner und zog ihn wieder zurück. »Oder willst du nicht gestört werden, weil deine Tussi bei dir ist?«, schepperte es aus dem Lautsprecher.

»Ich bin allein und genieße es.« Er hörte ein Rascheln, dann blieb es still. Sie war anscheinend gegangen.

Gerade als er sich umdrehen wollte, erklang erneut die Stimme aus dem Lautsprecher: »Öffnest du jetzt, oder was?«

»Schönen Abend«, sagte er und schlenderte zum Sofa zurück.

Nach kurzer Zeit klingelte es wieder. Doch diesmal war es nicht das Dingdong des Straßenlautsprechers, sondern das Dongding der Wohnungstür. Oder hatte er sich das eingebildet?

Er stoppte den Krimi und lauschte in den Flur. Wieder klingelte es, dann polterte eine Faust an die Tür. Das konnte unmöglich die Stalkerin sein, so ungehobelt konnte er sie sich nicht vorstellen.

»Wer ist da?«, rief er durch die geschlossene Tür. Sie hatte kein Guckloch. Es klingelte wieder, diesmal nur kurz. »Bist du es, Emma?«

»Hallo«, kam eine piepsende Stimme zurück.

Dieses Piepsen passte nicht zu dem Poltern. Wer stand vor der Tür? »Wie ist dein Name?«

Jetzt raschelte es vor der Tür, dann polterte es so heftig wie vorhin. »Kannst du nicht einfach öffnen?«, erklang die Stimme des Hausmeisters. Mit dem wollte niemand Ärger bekommen, Albert öffnete. Im Hausflur standen Emma und Hans. Emma trat ein, Hans drehte sich um und stieg die Treppe hinunter.

Albert blieb nichts anderes übrig, als Emma in seine Wohnung zu lassen und so zu tun, als schlösse er die Tür, bis die Tritte von Hans nicht mehr im Treppenhaus zu hören waren. Schließlich wollte er nicht, dass morgen alle Hausbewohner mit dem Finger auf ihn zeigten.

»Ich habe bei Hans geklingelt, und er hat mich ins Haus gelassen.«

»Eins zu null für dich«, sagte Albert und öffnete die Tür wieder.

»Ja ja, zieh mich nur auf. Wenn schon, dann steht es drei zu null für dich.«

»Drei?« Er drückte die Tür wieder zu.

»Ich bin bei meiner besten Freundin angeschwärzt und bei meiner Schulkameradin Kim und jetzt auch noch bei Hans. Er hat mich so komisch angeguckt.«

»Er guckt alle komisch an. Das ist sein Blick.«

»Aber ich fühle mich ertappt.«

»Warum hast du denn ausgerechnet bei ihm geklingelt?«, fragte er. »Du kennst dich doch aus, du wohnst deinen Aussagen nach schon seit zwei Wochen hier.« Er langte an die Klinke, um die Tür wieder zu öffnen. Sie drehte sich um und schlenderte in die Wohnung. »Und bei meinem Bruder hast du auch kein vorteilhaftes Bild hinterlassen«, rief er ihr nach.

Das war nicht wahr. Als der Kunde gegangen war, hatte Paul den Kopf gesenkt und gesagt, Albert solle diese schüttere Seele nicht derart irritieren, das gehöre sich nicht.

Albert ging in die Küche und holte sich ein neues Bier. Emma nutzte die Gelegenheit und huschte ins Wohnzimmer. Als er zurückkam, saß sie auf dem Sofa, die Beine hochgezogen und in eine Decke gehüllt. Weder lächelte sie triumphierend noch sah sie wie ein gehetztes Reh zu ihm hoch. Sie saß einfach da, als wäre es das Normalste, sich mit ihm einen Film anzuschauen.

Er öffnete das Bier und hielt es ihr hin. »Ich weiß leider nicht, wo du deine Brausetabletten versteckt hast.«

»Hohlkopf«, flüsterte sie.

Er tat, als hätte er die Bemerkung nicht gehört, und drückte auf Play. Zusammen sahen sie sich den *Tatort* an. Wenn spannende Musik erklang, fasste sie sich an den Mund. Und wenn eine verdächtigte Frau etwas Ungeschicktes sagte, rief sie »Ho ho!« und schlug sich aufs Knie. Zuweilen sah er sekundenlang zu ihr statt zum Bildschirm, fasziniert von ihren kindlich freien Reaktionen. Einmal erwiderte sie seinen Blick, drehte sich aber gleich wieder weg, ohne irgendein Gefühl zu verraten.

»Und nun?«, fragte er, als der Film zu Ende war. Er schaute auf die Uhr. »Es ist noch nicht Mitternacht.«

Sie verschwand im Flur. Er griff nach ihrer Bierdose. Sie hatte nichts getrunken, das Bier war lau.

»Kommst du?«, rief sie.

Er ging in den Flur und sah in jeden Raum. Als er ins Schlafzimmer schaute, lag sie im Bett. Eine nackte Schulter ragte unter der Bettdecke hervor, das M-Way-Trikot lag zerknüllt auf dem Boden.

»Was denkst du dir dabei?«, fragte er.

»Lass das doch jetzt«, antwortete sie.

Er duschte, zog den Schlafanzug an und legte sich, den Rücken ihr zugekehrt, ins Bett.

Sie umschlang ihn von hinten und sagte: »Das mit Kim war nicht fair. Das biegst du wieder gerade.« Er ließ ihre Arme, wo sie waren, und schwieg. »Ich habe unsere Selfies nicht gezeigt, wie abgemacht«, sagte sie. »Ich hätte es tun sollen. Dann hätte ich wenigstens vor Lipsi nicht so blöd dagestanden.«

»Dafür habe ich dich zwei Stunden früher erlöst.«

»Erlöst?«

»Herein gelassen«, sagte er.

Teil 2

Hund

Emma hatte geträumt, Albert hatte Kim geküsst, mit der Zunge, und nicht mehr aufgehört. Sie wachte auf. Die Decke hing zerwühlt über dem Rand, die andere Betthälfte war leer. Es war verrückt gewesen, ihm zu sagen, er solle das mit Kim wieder richten. Sie musste es selbst machen.

Mit einem Satz war sie aus dem Bett, hastete an den unausgepackten Umzugskisten vorbei ins Badezimmer, schlug sich ein Tuch um und rannte in die Küche. Albert war weg. Aufgestanden, gefrühstückt, verschwunden. Die Schale mit den Resten seines Birchermüslis hatte er auf dem Tisch stehen lassen. Sie stellte sie ins Spülbecken und zog sich an. Ein beiges, hochgeschlossenes Kleid.

Das Brotfach war leer, das Röhrchen mit den Brausetabletten stand immer noch versteckt hinter dem Roggenmehl. Zitronengeschmack mit Magnesium, die günstigen aus der Drogerie. Sie nahm gleich zwei.

»Albert, du kannst dich nicht einfach verdrücken!« Sie trank die zischende Brause. Der Nachbarhund bellte. »Ja ja«, sagte sie zur Wand. Sie packte die Jacke und ging zu Kim.

Auf dem Weg klingelte das Telefon.

»Wie geht's?« Lipsi.

»Kannst du bei der Arbeit einfach so telefonieren?«

»Ich wollte sichergehen, dass du keine Dummheiten machst.«

»Ich gehe zu Kim«, sagte Emma, »sie darf nicht schlecht über mich denken.«

»Sie denkt überhaupt nicht an dich, sie hat genug eigene Probleme.«

Ein roter Zweisitzer flitzte vorbei. Sie hätte das rote Kleid anziehen sollen.

»Gestern hat sie mich fertiggemacht«, sagte Emma, »du warst ja dabei. Und sie denkt wirklich, dass Albert ein Fremder ist. Das stimmt nicht, und das will ich ihr sagen.«

»Okay, spinn weiter. Und danach, was machst du dann?«

»Ich spinne nicht, glaub du mir wenigstens. Nachher mache ich Urlaub. Mit Albert. Nachdem ich meine To-do-Liste abgearbeitet habe.«

»Und er? Vielleicht hat dein Unbekannter keinen Urlaub oder er will ohne dich verreisen.«

»Was meinst du denn damit? Wir haben uns gestern Abend versöhnt.«

»Und das soll ich glauben?«

»Du musst! Verletz du mich nicht auch noch.«

»Okay, okay. Du kannst es mir ja heute Abend ausführlich erzählen.«

»Sag nicht ›Okay, okay‹. Das ist wirklich so. Heute Abend kommst du zu uns und schaust dir an, wie ich mit ihm lebe.«

Es entstand eine Pause. Dann fragte Lipsi: »Wohin geht ihr?«

»Er hat für die ganze Woche Radfahren vorgeschlagen und ich Idiotin habe zugestimmt. Aber die Route von heute hat er noch nicht definitiv festgelegt, vielleicht lässt sich noch was ändern. Im Moment ist er weg, abgehauen.«

»Ich dachte …«

»Ich kann die Zeit gut nutzen, wenn er weg ist.«

»Also bist du gerade wieder dabei, eine Dummheit zu machen. Ich kenne dich.«

Emma fuhr in die fünfte Etage des Hochhauses. Kims Schreibtisch war weg, auch der Bürostuhl und die Holzstühle, auf denen Lipsi und sie am Vortag gesessen hatten.

»Lipsi, kannst du mir Kims Nummer geben? Sie hat mich gestern mit unterdrückter Nummer angerufen.«

»Jetzt nicht. Ich rufe später zurück.«

Emma drückte den Fahrstuhlknopf. Der Fahrstuhl kam von unten heraufgeschlichen und fuhr nach oben durch, nach einer Weile kam er wieder zurück. Die Tür schob sich auf und Kim stand in der Kabine, einen winzigen Hund an der Leine, kaum handhoch. Er kläffte Emma an.

»Kim?«

»Hi«, grüßte Kim zurück.

Emma stieg in den Fahrstuhl und das Hündchen versteckte sich hinter Kims Füßen. Der Knopf neben der Eins leuchtete. Kim machte einen Satz zur Schalttafel und drückte die Null.

»Ich will nicht raus, ich will zu dir«, sagte Emma. »Hast du dich in der ersten Etage einquartiert?«

»Witzig«, entgegnete Kim. »Was willst du von mir?«

»Nun hab dich nicht so, ich möchte mit dir reden!«

»Ich habe zu tun. Meinetwegen kann ich dir einen Termin geben.« Die Eins leuchtete auf und die Tür schob sich auf. Vor dem Fahrstuhl stand der Bürostuhl vom Vortag, der Tisch und die Holzstühle hingegen fehlten. Auf dem Stuhl lag die Agenda. Kim eilte hin und öffnete sie. »Montag in zwei Wochen.«

Emma schaute über Kims Schultern. »Da ist noch nichts eingetragen, blättere mal zurück.« Kim blätterte eine Seite zurück, Emma stieß sie in die Hüfte. Kim blätterte eine weitere Seite zurück, beide waren leer. »Hast du da Urlaub?«, fragte Emma.

Kim klappte das Buch zu. Sie sah betrübt aus, fast als weinte sie.

»Wo ist denn dein Tisch? Und die Stühle für die Klienten?«

»Herr Eifer hat sie abtransportiert«, sagte Kim leise.

»Herr Eifer?«

»Der Hausmeister.«

Der Flur war leer.

»Wir können in ein Café gehen, ich brauche keine Therapie. Ich möchte nur was klären.«

»Das ist das Gleiche.« Kim wandte sich dem Fahrstuhl zu und drückte auf den Pfeil nach unten. Als Emma eingestiegen war, schloss sich die Tür, doch Kim war nicht mit eingestiegen. Emma drückte die Tür wieder auf. Kim zog gerade den Bürostuhl zu sich. »Ich habe heute geschlossen«, sagte Kim.

»Dir geht es dreckig.« Kim strich über die Agenda. »Komm«, sagte Emma, »wir gehen spazieren.«

Auf der Straße erklärte Kim, sie werde überall abgelehnt und habe keine echten Freunde, die Eltern kümmerten sich nur um sich, und die Schwester drücke sie weg, wenn sie mal anrief. Sogar im Fernstudium bekomme sie nicht, was sie brauchte. Einzig ihr Möpsi halte zu ihr.

»Dein Hund?«

»Das ist ein Chihuahua.«

Emma nickte. »Ich möchte mir auch einen zulegen.«

»Du?« Kim lachte.

Emma ließ sich nicht beirren. »Welche Rasse würdest du mir empfehlen?«

»Sicher keinen Chihuahua.« Möpsi tippelte mit schnellen Beinbewegungen neben Kim her.

»Ich bin auch mit einem größeren zufrieden, Hauptsache treu. Wo kriege ich einen her? Auf was muss ich achten?«

»Ich weiß nicht, ob du für einen Hund geeignet bist. Der braucht Disziplin.«

»Mach mich bitte nicht fertig. Ich kann mich sehr wohl um einen Hund kümmern. Ich lasse ihn zum Beispiel nicht einfach zu Hause, wenn ich arbeiten gehe.«

»Arbeitest du überhaupt?«

»Kim, lass deinen Frust nicht an mir aus.« Kim drehte sich nach vorn. »Ist Lipsi nicht deine Freundin?«, fragte Emma.

»Luisa biedert sich mir an. Und im Moment probiert sie es bei dir. Hast du das nicht bemerkt?«

»Denk doch nicht über alle Menschen so schlecht. Kein Wunder, dass dich niemand mag.« Kim ging stumm neben ihr her. »Ich möchte nicht, dass du schlecht von mir denkst«, sagte Emma, »auch wenn ich mich nicht so verhalte, wie du es gern hättest.« Kim starrte geradeaus. »Wir könnten uns zusammentun. Du teilst deine Erfahrung mit Hunden mit mir, und ich bitte Lipsi, dass sie dir Tipps gibt, wie du zu einem Mann kommst.«

»Luisas Tipps will ich nicht«, sagte Kim. »Und ich denke nicht schlecht von dir.« Sie hielt den Blick weiter nach vorn gerichtet.

»Wie denkst du denn über mich?« Kim antwortete nicht. »Eben hast du mich wegen dem Hund lächerlich gemacht. Und gestern am Telefon hast du mich wegen Albert angehustet.«

Kim drehte ihr den Kopf zu. »Albert fühlt sich gestalkt. Ich wollte dich nicht kränken, nur aufwecken.«

»Albert ist mein Mann«, sagte Emma. Kim schwieg. »Hörst du: Albert ist mein Mann. Schon ein Jahr lang.« Sie blieb stehen und wählte seine Nummer. »Hier, frag ihn selbst.« Sie hielt Kim das Telefon hin. Kim wehrte ab.

»Ja, hier Albert Wegmüller«, kam es aus dem Telefon.

»Das wegen Kim, was ich dir gestern aufgetragen habe: Du musst nicht mehr zu ihr gehen. Ich bin bei ihr, ich habe es geklärt. Kim will dich noch was fragen.« Emma hielt Kim erneut das Telefon hin.

»Lass das, ich mische mich nicht in eure Beziehung ein«, sagte Kim.

»Aha, jetzt sagst du auf einmal ›eure Beziehung‹.«

Emma verabschiedete sich von Albert, nachdem sie ihn gefragt hatte, wo er ist und wann er vorhat zurückzukommen. Er sitze zu Hause in der Küche, hatte er gesagt, und war beim Bäcker gewesen, frische Brötchen holen.

»Er liebt mich«, sagte sie. »Und du darfst mich nicht als Schwindlerin hinstellen.« Drei Spatzen flogen dicht über ihrem Kopf vorbei. »Hast du einen heimlichen Freund?«, fragte Emma. »Jemanden, den du bewunderst und nicht wagst anzusprechen?«

»Wer will mich schon?«

»Ich muss dich um was bitten.« Kim nickte, vielleicht hatte sich ihr Kopf aber auch nur im Takt der Schritte bewegt. »Und du sagst nicht Nein.« Kim sagte nichts und nickte auch nicht, überhaupt keine Reaktion. »Du hast Alberts Nummer im Telefon. Bitte lösch sie.«

Kim hob die Schultern. »Ich habe ihn gestern zum ersten Mal gesehen, ich habe seine Nummer nicht.«

»Doch, ich weiß es. Du darfst ihn mir nicht wegnehmen, er ist mein Mann.«

»Ist ja gut, ich habe seine Nummer nicht.« Emma stieß hörbar Luft aus. »War es das, hast du mich deswegen treffen wollen? Da hätte ein Anruf genügt.«

»Ich muss wohl hinnehmen, dass du mich ständig fertigmachst. Aber dass du mich jetzt auch noch anlügst, geht zu weit. Gib mir dein Handy!« Emma baute sich vor Kim auf.

Kim duckte sich reflexartig weg, tippte den Code in ihr Handy und übergab es ihr. »Ich tue das nur, weil du verrückt bist. Ja, verrückt.«

»Da«, schrie Emma, »ich habe es gewusst!« Sie hielt ihr das Telefon hin. Kim zuckte mit den Schultern. »Das ist Alberts Nummer, er hat dich gestern angerufen!« Emma löschte den Eintrag.

Kim nahm das Telefon zurück und zischte: »Du bist ja total durchgeknallt, hält das ›dein Albert‹ überhaupt aus?«

Emma verließ sie wortlos.

Der Kaffee, die Butter, die Brötchen und Emmas Lieblingsschlemmereien: Leberkäse und Essiggurken. Nur die Brausetabletten hatte Albert nicht gefunden. Das Telefon klingelte. Emma.

»Ich muss noch zu Frau Lützle«, sagte sie.

»Du hast gesagt, dass du in der Urlaubswoche die Sitzungen mit ihr auslässt.«

»Ja, habe ich. Aber ich muss das Fiasko von gestern verarbeiten.«

Er richtete den Kaffeelöffel, der auf der Untertasse lag. »Wann darf ich dich erwarten?«

»Du kannst gar nichts von mir erwarten. Ich stehe heute unter Spannung.«

»Was hast du denn?«

Sie hatte sich weggedrückt.

Er rief Kim an. »Hallo, Frau … Ich habe Ihren Namen nicht behalten. Emma war doch gerade bei Ihnen?«

»Ja. Und du kannst Kim zu mir sagen. Clavendinistiyoyo behält kein Mensch.«

»Clave… Tut mir leid.«

»Warum rufst du an?«

»Ist was mit Emma passiert?«

»Nichts. Sie ist ausgeflippt, sonst nichts.«

»Warum? Was war denn?«

»Ich sagte doch, nichts. Sie hat mich ange-brüllt und mich als Lügnerin hingestellt, weil ich deine Nummer im Anrufspeicher hatte.«

»Aha«, sagte er, »fängt das wieder an.«

»Ich will nichts mit ihr zu tun haben, sie ist eine Spinnerin.«

»Sie kämpft gerade wieder gegen eine Eifer-suchtswelle. Das geht vorüber, wenn sie mit Frau Lützle gesprochen hat.«

»Sie soll mich nicht mehr anrufen oder bei mir vorbeikommen. Sag ihr das.«

»Tut mir leid«, sagte er.

»Danke.«

»Hast du schon gefrühstückt?«, fragte er.

»Ich kann nicht frühstücken. Ich muss erst runterkommen.«

»Tut mir wirklich leid. Aber du kannst zu mir kommen. Ich habe ein Frühstück vorbe-reitet, mit Leberkäse und Essiggurken. Ganz wie Emma es liebt. Sie hat mich versetzt.« Eine Pause entstand. »Es gibt auch Kaffee und Bröt-chen.«

»Bei euch zu Hause?«, fragte Kim.

»Emma sagte, dass sie zu Frau Lützle geht. Wenn sie das sagt, kommt sie immer erst nach zwei Stunden zurück. Du wirst sie nicht treffen.« Und sie würde auch nicht erfahren, dass Kim dagewesen war. Er war es leid, stundenlang auf Emma warten zu müssen, und dann kam sie aus einer Laune heraus doch nicht. Aß er halt das Frühstück mit einer anderen, und wenn es ihre Erzfeindin war.

»Wenn du meinst«, antwortete Kim. »Ich bringe meinen Möpsi mit, in Ordnung?«

Es klingelte, dingdong, Albert drückte den Türöffner. »Magst du Kaffee?«, fragte er, nachdem sie sich begrüßt hatten.

Sie sah wieder so kompetent aus: die blonden Haare streng zusammengebunden, die grüne Bluse eng um die Brust gespannt, die oberen Knöpfe offen. Er wollte eigentlich keine anderen Frauen anstarren, Emma war hübsch und zart und zerbrechlich. Liebte er sie noch? Ihre ständige Eifersucht und die gereizte Stimmung waren unerträglich. Albert stöhnte.

Kim war kleiner als Emma und eigentlich – wenn man die strenge Kleidung wegdachte – noch zerbrechlicher. Wie konnte sich Emma ihr gegenüber nur so giftig verhalten?

»Was wollte Emma eigentlich von dir?«, fragte er.

»Sie hat mich nach dem Umgang mit Hunden befragt.«

»Hund? Will sie jetzt plötzlich einen?«

»Ihr habt euch noch nicht festgelegt?«, fragte sie.

»Sie wollte gar nicht darüber reden. Ich dachte eher an ein Aquarium.«

»Ein Hund ist die bessere Wahl.« Kim schaute unter den Tisch. Wie auf Kommando richtete Möpsi sich auf und tippelte vor sein Frauchen.

Albert schaute sich den Hund an. »Ich checke das«, sagte er. »Hunde sind grenzenlos treu, stimmt's?«

»Kommt drauf an zu wem. Natürlich musst du die Erziehung übernehmen.« Kim schraubte das Marmeladenglas zu. »Bei Emma habe ich kein gutes Gefühl.«

»Wie meinst du das?«

»Nun, sie war immer so unstet. Oder hat sich das geändert?«

Er schwieg. Dann sagte er: »Wir sind erst vorletzte Woche eingezogen. Erst richten wir die Wohnung ein. Danach können wir uns ein Haustier anschaffen.«

»Was hat das eine mit dem anderen zu tun?«

Er winkte ab. »Emma denkt, ein Hund zottelt ihr ständig hinterher und mich schaut er nicht an.«

»Stört dich das?«

»Dann springt er auf meine Betthälfte und der Teufel geht los.« Er schüttelte den Kopf.

Kim nahm einen Schluck. »Was macht ihr eigentlich?« Sie stellte die Kaffeetasse resolut auf den Tisch. »Gestern das Schauspiel mit dem Stalken, jetzt das Drama mit dem Hund.«

»Das gestern war ihr Vorschlag. Sie wollte mir beweisen, dass sie die Menschen, die zufällig um uns sind, überzeugen kann, dass wir zusammengehören, selbst wenn ich es abstreite.« Kim schob ihren Frühstücksteller zur Tischmitte und schüttelte den Kopf. Er schaute sie fragend an. »Emma hat mir gestern gesagt, dass ihr in eine Klasse gegangen seid.« Sie nickte. »Und dass ihr euch nicht sonderlich gemocht habt.«

»Sie ist eine Fantastin, damit kann ich nichts anfangen. Aber du scheinst darauf abzufahren. Ihr passt prima zusammen.«

Er griff nach der Kanne. »Willst du noch einen?«

Sie schüttelte den Kopf und stand auf. »Ich gehe.«

»Warum? Bleib doch noch, wir reden gerade so gut miteinander.«

Sie hielt ihm ihre Visitenkarte hin. »Hier, meine Telefonnummer, falls ihr an eine Therapie denkt.« Sie stolzierte in den Flur. »Auf Wiedersehen.« Die Wohnungstür schlug zu.

Was war mit ihr? Hatte sich ihre Abneigung gegen Emma auf ihn übertragen?

Er betrachtete die Karte. Im Logo war eine Fischerin, sie hielt die Angel in den Fluss und machte dabei einen abwesenden Eindruck. Daneben stand ein leerer Eimer. Er drehte die Karte um. Auf die Rückseite war mit rotem Filzstift eine Handynummer geschrieben. Er verglich sie mit der Nummer auf der Vorderseite, es war eine andere.

Die Verabredung

Albert juckte es, die rote Handynummer auf Kims Visitenkarte anzurufen, er wollte sehen, was passierte.

»Kim Clavendinistiyoyo am Apparat.«

»Hallo, hier Albert.«

»Ja?«

»Ich frage mich, warum du auf der Rückseite eine zweite Nummer notiert hast.«

»Rate mal.«

»Damit ich anrufe?«

»Genau.«

»Das habe ich jetzt getan.«

»Schön.«

»Warum steht vorn eine andere Nummer?«

»Ich dachte, das checkt man. Die hinten ist privat.« Er nickte. »Wenn dir dazu nicht mehr einfällt, melde dich später wieder.« Sie drückte sich weg.

Was sollte ihm dazu einfallen?

Es verstrichen einige Minuten, in denen er im Handy Fahrradrouten verglich und anschließend das Wetter analysierte. Das Telefon klingelte. Er kannte die Nummer nicht. »Ja, hier Albert Wegmüller«.

»Wollen wir uns treffen?« Kim.

»Das haben wir doch eben getan.«

»Nicht bei dir am Küchentisch. Du gefällst mir.« Er schluckte. »So schön wortkarg«, sagte sie. »Endlich mal jemand, der mich nicht gleich mit Problemen volllabert. In einer Stunde bei mir im Praxisraum. Dem neuen, im ersten Stock.«

Er räumte das Geschirr ins Spülbecken. Sollte er hingehen? Emma würde das nicht gefallen. Er konnte immer noch absagen. Erst mal wusch er das Geschirr, die Spülmaschine war defekt. Sie war schon defekt gewesen, als sie eingezogen waren. Es war eine günstige Wohnung, eintausenddreihundertfünfzig für drei Zimmer. Der Vormieter hatte gefragt, ob er die Geschirrspülmaschine dalassen kann, und Albert hatte Ja gesagt. Vielleicht ließ sie sich reparieren.

Er rief Kim unter der roten Nummer an. »Hör mal, Kim, ich komme gleich, nicht erst in einer Stunde. Ich will wieder zurück sein, wenn Emma da ist.«

»Wie du willst. Bis gleich.«

Es würde nichts geschehen. Eine Frau, die sich derart schnippisch benahm, hatte andere Absichten. Aber welche? Er wollte es herausfinden, vor allem aber wollte er die Zeit herumbringen, während Emma ihn warten ließ.

Die Fahrstuhltür öffnete in der ersten Etage.

»Hallo«, sagte Kim. Ihre Haare waren offen, hinter ihr stand der Bürostuhl, auf dem sie am Vortag gesessen hatte. Der Schreibtisch und die Holzstühle waren weg. Albert trat aus der Kabine. »Jetzt mal ohne Umwege: Wie stehst du zu Emma?«, fragte sie.

»Sie ist meine Freundin, warum?«

Kim warf einen Blick in den Flur. Dann beugte sie sich näher. »Sie hat mir zwei Kerle weggeschnappt. Weißt du das?«

»Sie hat von zwei losen Liebschaften erzählt, bevor sie mich kennengelernt hat.«

»Das waren meine Dates. Und sie bereut das nicht mal. Ich weiß gar nicht, warum ich ihr gestern noch zugehört habe.«

»Wann war das?«

»Vor zwei Jahren.«

»Sie hat gesagt, dass sie dich seit der Schulzeit nicht mehr gesehen hat.«

»Ja, sie hat auch nicht mich gesehen, sondern John. Und einen Monat später Xaver. Ihr war gar nicht nach den Typen, sie wollte mich nur demütigen.«

»Wie hat sie denn von deinen Dates erfahren?«

»Sie hat mein Profil auf ›SieSuchtIhn‹ gehackt. War ja auch keine Kunst. Ich war naiv und habe als Passwort mein Geburtsdatum verwendet. Als ich dann Xaver angemailt habe, hat er es gestanden: Er ist mit der Hackerin im Bett gewesen, hat er geschrieben und dann alles erzählt, was er von ihr erfahren hat.«

»Und, habt ihr euch ausgesprochen?«

Kim schüttelte den Kopf. »Ich habe mein Passwort geändert, und sie hat sich bis gestern nicht gemeldet. Und ich hatte echt keine Lust, angekrochen zu kommen.«

»Tut mir leid«, sagte er.

»Hast du Lust?« Sie schaute ihm ohne einen bestimmten Ausdruck in die Augen. »Jetzt bin ich mal dran.«

Er schwieg. Was sollte er sagen? Wenn Emma tatsächlich ihre Schulkameradin auf diese Weise gedemütigt hatte …

»Keine Angst«, sagte Kim. »Ich erwarte nicht, dass du mich danach bis ins Alter aushältst.«

»Ich weiß nicht.«

»Typisch«, sagte sie, »ich gehe auf dich zu, und dir fällt nichts weiter ein als ›Ich weiß nicht‹.«

Es entstand eine Pause. Sie blieb vor ihm stehen und schaute in seine Augen. Manchmal setzte sie ein knappes Lächeln auf, dann machte sie wieder eine nachdenkliche Miene.

»Wir können mal am Rhein spazieren.« Er wusste gar nicht, warum er das vorgeschlagen hatte.

»Abgemacht«, sagte sie. »Aber nicht jetzt. Ich habe zu tun. Und du musst nach Hause. Morgen um zehn am Kai.«

Als Emma zurück war, hatte sie wieder ihre grimmige Tagesmiene aufgesetzt. Doch ihre Lider zitterten, sie spielte. Albert kraulte sie unter den Achseln, sie lachte auf und ging in die Knie. Er ging mit, ohne die Hände aus ihren Achselhöhlen zu ziehen. Ihre aufgesetzt schlechte Stimmung war weggekitzelt.

»Wie hast du gemerkt, dass ich nicht schmolle?«

»Das kann jeder sehen«, sagte er, »du kannst dich schlecht verstellen.«

»Du liebst mich eben, oder? Sag mir, dass du mich liebst, sonst schmolle ich auf der Stelle wieder.«

»Ach Emma, ohne dich sterbe ich.«

Sie nickte. »Und etwas natürlicher?«

»Wollen wir aufbrechen? Die Sonne scheint.«

»Die scheint diese Woche jeden Tag«, sagte sie.

»Für heute habe ich zwei Routen rausgesucht. Eine sechsstündige und eine dreieinhalbstündige. Du kannst wählen.«

»Wollen wir nicht mal was anderes machen?«

»Na schön, machen wir die kürzere, wir haben schon den halben Morgen verplempert.«

Im Hotelzimmer

Am nächsten Morgen fragte Emma, was Albert geplant hat. Er sagte: »Radfahren, was sonst«, aber sie könnten auch mal einen Tag Pause einlegen. Das war neu. Wenn sie heute lieber jemanden besuchen will, sagte er noch, besucht er auch jemanden.

Das war es also, er wollte jemanden besuchen.

»Und wen besuchst du?«, fragte Emma.

»Kim zum Beispiel.«

»Spinnt es bei dir! Du gehst ganz sicher nicht zu meiner Feindin.«

»Ich weiß gar nicht, was du hast. Sie hat auch ihre Probleme, hast du ihre Praxis gesehen?«

»Sie hat einen Haufen Probleme, ich kann ihr ja mal helfen. Aber ich will nicht, dass sie dich mir wegnimmt.«

»Sie hat gestern hier gefrühstückt. Ich hatte sie …«

»Was! Bist du wahnsinnig?«, schrie Emma.

»Komm runter.«

»Hast du ihr gesagt, dass ich bei Frau Lützle war? Warum machst du das? Sie nutzt das doch voll aus.«

»Ich habe sie angerufen, weil ich wissen wollte, was passiert ist. Du warst gestern völlig matsch, nachdem du bei ihr gewesen bist.«

»Bei ihr bin ich hinterher immer matsch.«

»Was habt ihr eigentlich gegeneinander?«

»Ich verbiete dir, sie zu besuchen.«

»Und du darfst zu ihr gehen? Und ich muss dich anschließend wiederbeleben?«

»Frau Lützle hat mich zurückgeholt.«

»Ich kann Kim oder wen auch immer so oft besuchen, wie ich will«, sagte Albert. »Und ich bin dein ewiges Geschrei satt.«

War er gerade dabei, sich zu trennen?

»Sorry«, sagte Emma mit ruhiger Stimme. »Wenn ich schreie, checke ich es gerade nicht.«

»Also machen wir eine Radtour.«

»Heute ist mir die Lust vergangen. Wenn du unbedingt zu Kim gehen willst, geh. Langweile dich mit ihr.« Emma stürzte aus dem Haus.

Wenig später lag Albert mit Kim im Bett, eigentlich hatte er das nicht gewollt. Sie hatte ein Hotel ausgesucht und ihn ohne lange zu fragen hineinbugsiert.

»Ich nehme die Pille, keine Angst«, sagte sie, als sie sich wieder anzog. Von einer der unteren Etagen hörte man ein Bohren. »Trinken wir noch einen Kaffee?«

»Ich weiß nicht.«

»Ja, du weißt nicht, das ist wirklich super. Wie hält Emma es nur mit dir aus?«

»Ich habe sie gerade betrogen«, sagte er, »aber das kann dir ja egal sein.«

»Das ist nicht schön«, sie richtete ihr Haar, »aber bei euch klappt es eh nicht. – Sorry, das geht mich nichts an.«

Er wollte wissen, wer in der letzten halben Stunde ständig angerufen hatte, und sah auf das Display. Es war Emma.

»Ich muss jetzt allein sein«, sagte er.

»Natürlich. Du hast meine Nummer.« Kim verließ das Hotelzimmer.

Emma saß in der Küche und schlotterte.

»Was hast du?«, fragte Albert.

»Bist du bei ihr gewesen?« Er nickte. »Und? Verlässt du mich jetzt?«

»Niemals«, sagte er.

»Du bist so ein Blödmann!« Unter Tränen rannte sie aus der Wohnung.

Jetzt erst bemerkte er das zerschlagene Geschirr auf dem Boden. Er nahm das Telefon. »Emma, ja, ich habe dich betrogen. Tut mir leid.«

»Ist das alles, was dir dazu einfällt?«

»Komm bitte zurück.«

»Heute musst du auf mich verzichten. Morgen auch. Vielleicht einen ganzen Monat. Du musst auf mich warten!«

»Wo gehst du denn hin?«

»Das geht dich nichts an.«

Sie schlug auch seinen Vorschlag aus, zurückzukommen, zu reden und dass er erst mal im Wohnzimmer schläft. Sollte er das zum Anlass nehmen, sich zu trennen? Der Gedanke versetzte ihm einen Stich in die Brust. Er hätte das tun sollen, bevor er mit Kim ins Bett gegangen war. Aber wie? Emma war ihm schon ausgewichen, wenn er nur das Tapezieren besprechen wollte oder das Gemüseabo. Beziehungsgespräche decken Baustellen auf, hatte sie gesagt, und dann raste sie nur unnötig aus. Das seien sachliche Besprechungen, hatte er gegengehalten. Bei dir nicht, hatte sie geantwortet, bei dir wird jedes Geplauder bleischwere Beziehungsarbeit.

Emma sah vor lauter Tränen nicht, in welcher Straße sie war. Sie musste sich mehrmals die Augen trocknen, bis sie Lipsis Nummer im Telefon fand. »Ich brauche dich.«

»Ich muss noch bis fünf arbeiten.«

»Nein, ich brauche dich jetzt.«

»Was ist passiert?«

»Albert hat mit Kim gepennt, ich bin verloren.«

»Ich komme. Wo wollen wir uns treffen?«

»Ich weiß nicht, ich habe mich verirrt.«

»Sitzt du in einer Bar?«, fragte Lipsi.

»Sicher nicht! Damit alle sehen, wie ich flenne?«

»Emma, Emma. Ich muss dem Chef eine Ausrede präsentieren, dann komme ich. Ich rufe dich an.«

Emma wischte die Tränen weg, es kamen neue. Sie sah verschwommen Straßenbahnschienen und folgte ihnen bis zur nächsten Haltestelle. Sie wartete, stieg ein und fuhr in die Stadt.

Das Telefon klingelte. »Ich gehe jetzt los. Wo bist du?« Es war Lipsi.

»Ich bin gleich da. Ich stehe unten vor unserem Treffpunkt.«

Lipsi war nicht da, als Emma aus der Straßenbahn stieg. Sie wartete. Fünf Minuten, zehn Minuten. Autos rasten vorbei und schon zwei Straßenbahnen aus Lipsis Richtung. »Lipsi, wo bist du?«

»Ich komme.«

Die Tür zum Treppenschrank öffnete sich. Licht fiel auf Emmas Knie, die neben Lipsi auf dem Boden hockte.

»Kommt ihr?«, sagte Hutmann, der Leiter des Mädchenhauses, und ließ die Tür offen. Lipsi rappelte sich hoch.

»Du willst doch jetzt nicht zum Essen gehen? Wir sind mitten in der Szene.«

»Mich braucht es gerade nicht«, sagte Lipsi.

Teil 3

Blocken

Das Mädchenhaus

Emma und Lipsi zogen sich oft in den Treppenschrank zurück, ein ungenutzter Raum unter der Treppe, wo sie sich ihren Fantasien hingeben konnten, ohne von den anderen gestört zu werden.

»Mich braucht es gerade nicht«, hatte Lipsi gerade gesagt, als Hutmann die Tür geöffnet hatte. Emma packte sie am Knöchel. Lipsi schüttelte das Bein. »Du musst mal ankommen und checken, dass Albert nicht alle Schuld trägt.«

»Ja, Kim trägt die Hauptschuld.«

»Du hast sie hintergangen, das tut weh.«

»Das ist was anderes, für sie waren das flüchtige Bekanntschaften!«

»Du bist ungerecht. Sie ist vielleicht ein Freak, aber hinterhältig ist sie nicht. Was hast du eigentlich gegen sie?«

Lipsi stand im Flur und beugte sich in den Treppenschrank hinein.

Emma blieb drinnen hocken und legte den Kopf auf die angezogenen Knie. »Sie wehrt sich nie, wenn ich sie anremple. Sie schließt höchstens mal die Augen. Im Gegenteil, sie verteidigt mich noch, wenn mich eine platt- machen will. Doch sobald ich mal nicht auf- passe, passiert es: Dann geht sie auf mich los und macht mich fertig.«

»Kim ist eine gute Seele«, sagte Lipsi.

»Bist du auf ihrer Seite?«

»Ich hasse sie nicht so wie du.«

»Wenn sie einfach immer nur nett ist, da stimmt doch was nicht. Sie könnte mir auch mal eins auswischen.«

»Nein, kann sie nicht, denn sie mag dich.«

»Blödsinn.«

»Selber Blödsinn.« Lipsi ging.

»Du bist die fieseste Freundin!« Emma zog die Tür zum Treppenschrank zu und setzte sich wieder auf den Boden. Sie saß im Dunkeln.

War Lipsi auf einmal so frostig, weil sie gemerkt hatte, wer Albert ist? Er war Frau Lützles
Macker und Frau Lützle war Emmas Bezugsperson. Sie war die Bezugsperson von vielen
hier im Mädchenhaus, von all den verstoßenen
Töchtern, deren Väter nur noch zuschlagen und
deren Mütter nur noch herumkreischen konnten. Hutmann als Leiter war ganz okay, dann
gab es noch ein paar Praktikantinnen, Nacht-
diensthabende und Springerinnen. Und eben
Frau Lützle, die war einfach nur spießig. Wie
Albert das nur aushalten konnte! Und Kim?
Die hatte als Einzige Hutmann als Bezugsperson. Angeblich weil sie auf Frauen stand und
Frau Lützle sich weigerte, sie zu nehmen.

Emma schaute aufs Handy, kurz nach zwölf.
Es klopfte. Hutmann steckte den Kopf herein.
»Ich habe gehört, es geht dir nicht gut.«

»Beschissen geht es mir.«

»Was ist passiert?« Sie drehte sich weg. »Darf
ich?« Sie nickte leicht. Hutmann trat ein und
setzte sich auf den Boden, die Tür ließ er offen.
Emma stöhnte.

»Geht es um Albert?«

»Ja«, sagte sie zu ihren Knien.

»Was hat er diesmal angestellt?«

113

»Er hat mit Kim gepennt.«

»Tut mir leid.« Stille. »Emma, dass du dir mit Luisa ein Stück ausdenkst, ist toll, und später, wenn ihr es probt und aufführt, wird es bestimmt lustig für alle.«

»Es ist ein Drama!«, sagte sie.

»Ja. Wir werden mitgerissen sein und können die Premiere kaum erwarten.« Warum musste Lipsi überall vom Stück herumerzählen? »Aber es ist nur eine Geschichte, auch wenn es ein Drama ist. Findest du nicht?«

Hutmann hatte null Ahnung. Sie musste ihren Schmerz verarbeiten. Frau Lützle hatte vor drei Monaten die Familienaufstellung erklärt, eine Methode, um die Muster eines Beziehungsgeflechts aufzudecken. Und sie hatte gesagt, das gehe auch in Gedanken. Emma hätte Lipsi nie dazuholen sollen.

»Willst du mit Albert reden?«, fragte Hutmann.

»Er ist ein Vollidiot. Mit meiner schlimmsten Gegnerin ...«

»Ganz sicher bittet er dich um Verzeihung.«

»Das hat er schon getan, aber ich nehme es nicht an.«

Hutmann stand auf und trat vor die Tür. »Besprich dich mit deinem Albert und komm anschließend zum Essen. Für den Fall, dass es länger dauert, stelle ich dir was zur Seite.«

»Danke«, hauchte Emma.

Genug

Die anderen im Essensraum waren schon aufgestanden und schwatzten durcheinander, als Emma zur Tür hereingeschlichen kam. Lipsi zog sie an ihren Platz. »Hutmann hat was für dich übrig gelassen«, sagte sie. »Willst du erst das Dessert oder die Hauptspeise?«

»Da steht keine Hauptspeise.«

»Sie ist im Ofen.« Emma zog den Dessertteller zu sich und stocherte in der halben eingemachten Birne herum. »Wir zeigen es Albert, gleich nachher«, sagte Lipsi.

»Er ist ein Vollidiot.«

»Genau. Und das sagen wir ihm.«

Sie verschlang die Birne. »Was gibt es zu essen?«

»Sorry, Mais.«

Emma warf den Löffel mit Wucht über den Tisch, er schlitterte auf der anderen Seite am Boden weiter. »Ich bin die Vollidiotin.«

»Nein, schließlich hat Albert …«

»Ich bastle mir einen Typen zurecht, statt dass ich mich an einen richtigen ranwage.«

»Die richtigen Männer sind Vollpfosten«, sagte Lipsi.

»Ich weiß. Trotzdem.«

»Ich bin erst vierzehn und du fünfzehn. Hutmann will nicht, dass wir …« Emma gab Lipsi einen Klaps und strich ihr gleich darauf zärtlich über den Hals. »Wer ist eigentlich Vanessa?«, fragte Lipsi.

»Jede.«

»Wie jede?«

»Eine heimliche Geliebte. Jede könnte sie sein, auch du.«

»Ich?« Lipsi strich eine widerspenstige Locke aus dem Gesicht. »Ich nehme meiner besten Freundin ganz bestimmt nicht den Typen weg.«

»Doch, die Gefahr besteht immer. Warte ab, wenn du dich mal in echt verknallst.«

»Quatsch«, sagte Lipsi. »Wenn es jede sein könnte, könntest du es auch sein.«

»Natürlich. Vielleicht werde ich auch mal zum Aasgeier. Jedes weibliche Wesen ist eine Bedrohung. Und Männer auch. Ich weiß zwar nicht wie, aber die Gefahr besteht immer.«

»Na gut.« Lipsi strich sich die Hände an der Bluse ab. »Können wir am Stück noch was ändern?«

»Woran denkst du?«

»Das mit der offenen Beziehung, das ist doof. Lass uns das rausnehmen.«

»Warum? Das gibt dem Stück doch Pep.«

»Aber es passt nicht zu mir.«

»Das muss es auch nicht. Wenn du das überzeugend rüberbringst, wissen die Zuschauer, dass du nur spielst.«

»Trotzdem«, sagte Lipsi, »ich habe nicht mal einen Freund, da habe ich schon genug zu spielen.«

»Was heißt das, willst du aussteigen?«

»Nein«, sagte Lipsi. »Aber so was mache ich nicht. Verstehst du mich? Ich kann nicht, weil …«

Emma wartete, aber Lipsi sagte nichts mehr. »Was?«, fragte sie. »Weil du einen heimlichen Freund hast – Hutmann?«

»Hutmann? Quatsch.« Lipsi schaute sich um, es war niemand weiter im Raum. »Ich sage dir warum, aber du behältst es für dich.« Emma nickte. »Mein Dad. Er hat meine Mom verlassen. Dann ist er zurückgekommen und hat gesagt, dass er jetzt in einer offenen Beziehung leben will und meine Mutter seine erste Frau ist.«

»Echt jetzt? Was hat deine Mom dazu gesagt?«

»›Spinnst du?‹, hat sie gesagt.«

»Und dein Dad?«

»Probier es doch aus.«

»Krass.«

»Und dann hat Dad noch gesagt, dass ich seine zweite Frau bin.«

»Das hat er nicht ernst gemeint!«

»Hat er auch gesagt, das ist ein Scherz, hat er gesagt. Aber meine Mom ist ausgetickt und ist auf der Stelle mit mir ausgezogen.«

»Krass.«

»Nicht krass, Horror war das. Ich musste auf Umwegen zur Schule, damit niemand mitkriegt, dass ich bei den Obdachlosen gelandet bin. Ich wusste nicht, wie lange ich das vor der Klasse verstecken kann, ich hatte ja nicht mal

Kleider zum Wechseln. Und dann ist Dad mit seinem Wagen vorgefahren, hat die Tür geöffnet und gelacht. ›Kannst einsteigen‹, hat er gesagt, und wollte eine Spritztour mit mir machen. Die ganzen Bettler haben meiner Mutter geholfen, als sie und Dad mich an den Armen auseinandergerissen haben.«

»Du schwindelst doch. Wie lange hast du auf der Straße gelebt?«

»Zwei Tage, dann kam das Wochenende. Meine Mutter hat was gefunden, wo wir wohnen konnten. Auf der anderen Stadtseite. Sollte ich etwa von dort jeden Tag zur Schule? Sie war nicht mehr normal. Bring den Müll raus! Wasch ab!«

»Das ist normal.«

»Ein leerer Müllsack? Und nirgends Geschirr? Meine Mom war voll schizo.«

»Das ist voll krass.«

»Du bringst absolut nichts davon in dem Stück, sonst …« Lipsi schaute zur Tür. Es war niemand im Raum.

»Hey, ich halte dicht. Vertraust du mir nicht?« Lipsi verzog den Mund. »Ich höre sowieso auf mit Theater.« Emma zog einen Schlüssel aus der Hosentasche.

»Was hast du vor?«, fragte Lipsi.

»Psst.« Emma steckte den Schlüssel tief in die Tasche zurück. »Geh jetzt.« Sie blieb am Tisch, bis Lipsis Schritte nicht mehr zu hören waren. Rufe drangen in den Essraum und einmal ein Auflachen. Emma stand auf.

Kim kam herein. »Was soll ich gemacht haben?« Sie hatte wieder die weiße Hose an. Oben zu weit und mit Falten, unten die Beine zu kurz, echt schräg. Sie sah aus wie … niemand.

»Das war in unserem Spiel.«

»Erzähl«, sagte Kim und riss Emma auf den Stuhl zurück.

»Du hast nichts gemacht. Ich kann dich einfach nicht leiden, das weißt du.«

»Herr Hutmann hat gesagt, ich soll dich holen. Wir müssen Würfel machen.« Sie hielt einen Finger an den Mund und rieb ihn vor den Zähnen hin und her.

»Würfel, immer Würfel. Das nervt.«

»Du hast noch gar keinen gemacht.« Kim stand auf und ging.

Emma schlenderte zur Glastür, fuhr sich mit gespreizten Fingern durch die Haare und schaute noch mal zurück. Es war niemand da.

Sie schloss die Haustür auf und verließ das Mädchenhaus.

Dreharbeiten

Emma hatte sich die Adresse vom richtigen Albert gemerkt. Es war nicht der Pützseifenweg 5, wie im Treppenschrank behauptet, sondern der Pützseifenweg 65. Fünf war ihre Glückszahl gewesen, jetzt war sie es nicht mehr. Sie musste einiges ändern.

In der 65 lehnte eine Frau auf der Fensterbank und verfolgte Emma mit ihrem Blick, als sie auf das Haus zusteuerte. Wenn die ahnte, was sie vorhatte! Sie klingelte bei Wegmüller. Nichts.

»Suchst du Albert?«, fragte die Frau im Fenster. Emma wäre am liebsten wieder gegangen. »Er ist im Freizeitpark, sie drehen dort den *Tatort*.«

»Ich weiß.« Sie wusste nichts, nur dass er beim *Tatort* arbeitete.

»Soll ich ihm was ausrichten?« Emma schüttelte den Kopf, ohne der Frau in die Augen zu sehen. »Bist du Blockerin?« Blockerin? Was sollte das sein? »Er sucht noch welche, ganz dringend. Er nimmt jeden.«

Emma warf einen Blick auf die Frau, diese musterte Emmas Beine. Emma trug die zweifarbige Hose, das eine Bein grün, das andere rot. »Muss man eine bestimmte Kleidung tragen?«, fragte Emma.

»Nun ja, du bist noch ziemlich jung, nicht? Aber wie gesagt, er nimmt jeden.«

Emma drehte sich zur Straße. »Wo, sagen Sie, sind die Dreharbeiten?«

»Im Freizeitpark, nimm die Straßenbahn.«

»Danke.«

»Nichts zu danken. Du bist schon die Vierte heute, die ich hinschicke.«

Emma stand auf der Straße, die den Freizeitpark in zwei Teile schnitt. Es liefen keine Schauspieler mit Maskenbildnerinnen herum oder Techniker mit Lichtstativen, auch kein Regisseur mit einem Funkgerät war da. Sie überquerte die Straße und peilte eine Bank zwischen zwei Bäumen an, auf der ein älteres Paar saß und Spatzen fütterte. Sie näherte sich, die Vögel flatterten davon. Die Frau schüttelte den Kopf. In der Hand hatte sie Brotkrümel.

»Verzeihung, ich suche die Dreharbeiten.«

»Wie bitte?« Der Mann streckte ihr den Kopf entgegen.

Emma machte einen Schritt auf ihn zu und wiederholte lauter: »Wo wird hier der Film gedreht?«

»Aha, eine Blockerin.« Er zeigte zur Straße zurück. Die andere Straßenseite grenzte an dichtes Gestrüpp.

»Stopp.« Ein Mann, vielleicht zwanzig, feste Statur, mit einem T-Shirt, unter dem ein voluminöser Bauch hervorlugte, hielt ihr die flache Hand hin, kaum dass sie sich ein paar Meter durch den Urwald gearbeitet hatte.

»Bist du vom Film?«

»Ich bin Blocker.« Er richtete seinen Gürtel, woraufhin sein T-Shirt hochrutschte und den Bauchnabel entblößte. Er stellte sich breitbeinig vor Emma auf.

»Ich bin Blockerin«, sagte sie.

»Was machst du hier? Das ist meine Stelle.« Sie zuckte mit den Schultern. »Hat Albert dich nicht eingeteilt?« Sie schüttelte den Kopf. Er riss sein Funkgerät aus dem Gürtel. »Albert, hier steht eine Blockerin. Wohin soll sie?«

»Beim Löffelwald fehlt noch eine«, knarzte es aus dem Funkgerät.

»Du hast es gehört, du gehst zum Löffelwald.«

»Wo ist der?«

Der Blocker legte die Stirn in Falten und drückte erneut auf die Sprechtaste. »Sie fragt, wo der Löffelwald ist.«

»Sie soll mal zum AL-Bus kommen, wir machen Pause. Du kannst auch kommen.«

»Ich halte hier die Stellung. Das ist schon die Vierte, die hier rumschleicht.«

»Wo ist der OL-Bus?«, fragte Emma.

»AL-Bus.«

»AL?«

»Aufnahmeleitung – Mann, lebst du auf dem Kochab?«

»Kochab?« Emma verzweifelte.

»Auf dem Polarstern. Da geht es zum AL-Bus.« Der Mann zeigte nach hinten ins Gestrüpp. Da waren nur Blätter, nirgends einen Weg. »Orientierungsschwach? Mann.« Er schaute auf ihre Hosenbeine. »Ich zeige dir den Weg.« Er drehte sich um und eilte davon.

Sie stolperte hinterher. Er wählte einen Pfad dort, einen Weg da und kroch auf einmal unter einem Gestrüpp durch. Sie kratzte sich das Handgelenk auf.

Und da stand er.

Albert.

Und redete mit zwei Frauen, dahinter ein Lieferwagen.

Geht er fremd?, war Emmas erster Gedanke. Die eine Frau langte ständig im Gesicht der anderen herum. Ein Model aus der Autowerbung, das stöhnte, den Kopf nach hinten warf und sich durchs Haar fuhr, woraufhin die andere es gleich wieder richtete.

Emma wartete.

»Albert, hier ist sie«, sagte der Blocker und machte kehrt.

Albert drehte sich um, sein Gesicht hellte auf. »Ah, wunderbar, auf dich haben wir gewartet.« Er kam mit zwei Schritten auf sie zu. Das Model ließ er einfach stehen. Sie war es, Emma, zu der er wollte! »Trink was, iss was, gleich geht es los.« Emma konnte nicht sprechen. »Soll ich dir was holen, Coke, Fanta, Sprite?« Sie nickte. »Alle drei?«

Emma stand im Löffelwald und hielt drei Flaschen Softgetränke an die Brust gedrückt. Warum der Löffelwald Löffelwald hieß, war ihr nicht klar, denn sie standen auf einer Wiese. Ein langer, dünner Kerl, Blockerkoordinationsassistent, hatte sie hergeführt. Er war schon wieder weg. Neben ihr stand Beate, eine rundliche Frau um die zwanzig.

»Trink nicht zu viel von dem Zeug«, sagte Beate, »es gibt auch Mineralwasser. – Nimmst du die linke Hälfte?«

»Was muss ich machen?«

»Bist du zum ersten Mal dabei?« Beate setzte sich auf den Rasen und wies mit der einen Hand neben sich ins Gras, mit der anderen deutete sie einen Kreis an. »Hier wird gedreht.« Emma ließ sich nieder und legte die drei Flaschen neben sich, Beate schielte nach ihnen. »Kann ich eine haben, die gelbe?« Emma gab ihr die Fanta. »Die Blocker stehen drumherum und blockieren die Zugangswege.« Beate punktierte vier Stellen auf der Kreislinie. »Aber hier im Freizeitpark müssen wir das Gelände enger abriegeln, die Leute können von überallher ins Bild latschen.«

»Auch hier im Löffelwald?«

Beate sah Emma stumm an, schraubte die Flasche auf und nahm einen Schluck. »Wie alt bist du? Doch bestimmt noch keine achtzehn.«

»Fünfzehn.«

»Darfst du schon mitmachen?« Nicken. Beate nahm einen zweiten Schluck. »Also, du passt links auf, ich rechts.«

Emma stellte sich etwa zehn Schritte entfernt von Beate auf. Nach einiger Zeit fragte sie: »Wie viele wollten heute schon ins Bild latschen?«

»Niemand. Sie haben heute noch nicht gedreht. Wahrscheinlich wird es auch nichts mehr, die Szene beim Friedhof dauert länger.«

Emma nickte. »Sollen wir zum Friedhof?«

Beate winkte ab. »Dort haben sie genug Leute, wir sind hier die Vorblocker.« Emma schaute fragend. »Das sind die Hilfsblocker, die den nächsten Drehort absichern. Bis jetzt war ich immer nur Vorblockerin.« Beate stöhnte.

»Und ich?«

»Du?« Beate lachte. »Du bist wahrscheinlich Ersatzvorblockerin.«

Emma genoss das Abendessen im Mädchenhaus. Sie schob das Gemüse auf ihrem Teller hin und her, die Mädchen umringten sie, und Hutmann konnte sie x-mal ermahnen, sie blieben bei Emma.

»Morgen komme ich mit«, sagte Lipsi.

»Morgen ist Wochenende«, sagte Emma, »es geht übermorgen weiter.«

»Morgen ist doch Donnerstag«, sagte Lipsi.

»Weißt du«, Emma strich sich mit der Serviette über den Mund, »im Film bestimmen sie selbst, wann sie freihaben. Letzte Woche haben sie drei Tage Wochenende gemacht.«

»Also übermorgen. Ich will auch mitkommen«, sagte Abby, die mit dem großen Po, die immer meinte, sie kennt alles, zum Beispiel einen Geheimausgang aus dem Heim. Wenn die gewusst hätte, dass Emma einen Schlüssel hatte!

»Und ich auch«, sagte Sofie. Auch vierzehn, wie Abby. Die sich nie etwas traute und immer ihren Bruder zu Hilfe holen wollte. Dabei wohnte der gar nicht hier, er war in einem Heim für Jungs untergebracht und war auch noch jünger als sie.

Jede wollte mit. Jede? Kim saß Emma gegenüber, den Mund zugepresst, ihr Teller war unberührt. Aber niemand beachtete sie. Emma schob mit der Gabel den Brokkoli unter die Mohrrüben, er glitt wieder hervor.

»Werden so viele Statisten gebraucht?«, fragte Sofie.

»Blockerinnen«, sagte Emma. »Die sind voll wichtig. Weißt du, wie viele Gollos sonst ins Bild latschen? Sie nehmen jede.«

»Auch mich?« Maxima, mit ihren zwölf Jahren die Jüngste, ließ den Mund offen.

»Jede«, wiederholte Emma und gab ihr einen zärtlichen Klaps auf die Wange.

Hutmann schob sich zwischen die Jugendlichen. »Emma, kannst du morgen nach dem Abendessen bei mir im Büro vorbeischauen?«

Emma nickte, nahm ein Stück Brokkoli in den Mund und nickte ein zweites Mal. Hutmann war bereits gegangen.

Am nächsten Abend klopfte Emma an Hutmanns Bürotür. Frau Lützle und Albert waren auch da. Warum Albert, suchte er eine Hauptdarstellerin?

Hutmann stand hinter dem Arbeitstisch. »Setz dich!« Meine Güte, der hatte einen schlechten Tag.

Frau Lützle gab Hutmann ein Handzeichen und lächelte Emma zu. »Entschuldige, dass wir dich noch so spät hergebeten haben, nach dem Abendessen habt ihr ja eigentlich frei.« Emma nickte lebhaft, fast hätte sie »Eben« gesagt. »Ich hatte heute frei«, sagte Frau Lützle, »wollte aber gern dabei sein bei dem Gespräch. Ich konnte aber erst jetzt dazukommen.« Sie räusperte sich. »Wir haben gehört, dass du gestern die Dreharbeiten meines Lebensgefährten besucht hast.«

»Ich war Blockerin.« Frau Lützle blickte zu Albert. »Er nimmt jede«, sagte Emma, »da habe ich ausgeholfen. Morgen gehen wir …«

»Ja ja ja.« Hutmann klatschte einen Stapel Dokumente auf den Tisch. »Wer hat dir erzählt, dass im Park Dreharbeiten sind?«

»Die Frau am Pützseifenweg 65.«

Frau Lützle beugte sich zu Hutmann. »Unsere Nachbarin.«

Hutmann nickte. »Und was hattest du am Pützseifenweg 65 zu suchen?« Wurde sie verhört oder was? Was sie vorhatte, ging niemanden etwas an, Punkt. »Wolltest du Frau Lützle besuchen? Sie war gestern die ganze Zeit im Haus.«

»Ich weiß.«

Hutmann zuckte mit den Schultern und schaute Frau Lützle an. Die hatte die weißen Sneakers an, wie beinahe jeden Tag, und Hutmann die Birkenstocksandalen mit den zwei hellbraunen Schnallen, hinten offen. Warum sagte niemand etwas? Albert saß einfach da, die gefalteten Händen zwischen die Knie geklemmt.

Emma hob den Kopf und fokussierte Hutmann. »Albert war auch nicht da.«

Hutmann wischte sich über die Stirn. Auf ein Zeichen von ihm standen Frau Lützle und Albert synchron auf und verließen den Raum. Jetzt hockte Emma mit Hutmann allein im Büro. Er sagte nichts und schaute sie nur komisch an. Dramatik pur, unerträglich.

»Kannst du mir was über Herrn Wegmüller erzählen?« Hutmann schluckte zweimal bei der Frage.

»Er wusste nicht, dass ich ihn besuchen will. Ich habe einfach …«

Hutmann wartete, nach einer Zeit fragte er: »Ja?« Sie zuckte mit den Achseln. »Wie hast du ihn vorhin genannt? Albert?« Besser sie sagte nichts mehr. »Ist er der Albert, der in deiner

Fantasie dein Mann ist?« Sie presste die Lippen aufeinander. »Nein.« Er hauchte das Wort.

»Ich weiß, dass er Frau Lützles Typ ist!«, sagte sie. Leider etwas zu heftig. Er nickte, als wüsste er jetzt alles.

»Was wolltest du denn gestern Nachmittag bei ihm? Oder wusstest du, dass die Nachbarin verirrte Blockerinnen weiterleitet?«

»Nein, ich … Ich …«

Er strich über die Papiere, die auf dem Bürotisch lagen. »Luisa hat mir erzählt, dass du nicht mehr mit eurem Theaterstück weitermachen willst.«

»Lipsi?« Ihre Lippen zitterten. »Was hat sie gesagt?«

»Dass du das Haus verlassen willst. Sie hatte Angst um dich.«

Sie durfte sich nichts anmerken lassen. »Darf ich nicht spazieren gehen?«, fragte sie möglichst gelassen.

»Doch, sicher. Aber du weißt, dass du dich bei mir abmelden musst.«

»Verzeihung, habe ich vergessen.«

»Hast du einen Schlüssel?« Sie schaute dem Verlauf der Tischkante nach. »Willst du ihn mir zurückgeben?« Hutmann klang so liebevoll, als würde er sie für die Küchenarbeit loben. Sie zog den Schlüssel aus der Hosentasche und knallte ihn auf die Tischplatte. »Warum so heftig? Habe ich was Falsches gesagt?«

»Ich wusste ja nicht, ob ich mal Hausarrest kriege. Aber ich habe das ganze Jahr keinen gekriegt.« Hutmann nickte. »Ich bekomme nie Hausarrest, andere locht ihr ständig ein. Was ist eigentlich los? Bin ich die Klassenbeste, oder was?«

»Niemand von euch bekommt Hausarrest. Vor einem Jahr haben wir uns alle zusammen dagegen entschieden. Du warst auch dagegen.«

»Wir haben mitentscheiden können, da sind doch alle dagegen.«

»Eben«, sagte er. »Ich auch.«

»Und wer war dafür?«

»Niemand.«

»Bin ich verrückt oder was? In einem Heim wird doch nicht über so was abgestimmt.«

»Wir sind kein Gefängnis. Ihr sollt starke und freie Frauen werden.«

»Echt jetzt?« Tränen kullerten ihr übers Gesicht. Dass sie immer gleich flennen musste! Sie wischte sich über die Augen.

»Du behauptest dich, und das kommt oft widerspenstig rüber«, sagte Hutmann. »Na und? Das habe ich als Bub auch getan. Wir wollen einfach nur wissen, wann und wohin du gehst.«

»Kapiert«, sagte sie. »Verzeihung.« Sie nickte. »Der Schlüssel hatte hier rumgelegen. Ich wollte ihn wieder zurückgeben.«

»Jetzt hast du es getan.« Emma stand auf. »Können wir noch ein paar Dinge klären?« Hutmann richtete die Blätter vor sich. Emma setzte sich. »Woher kennst du Frau Lützles Lebensgefährten?«

Was war das jetzt wieder für eine Frage? Sie hatte gedacht, er sei zufrieden mit ihr.

»Emma, sag es mir bitte. Dir geschieht nichts. Ich bin dafür da, euch zu schützen.«

»Er ist mal in einer Mentoringstunde aufgetaucht und hat Frau Lützle die Lesebrille gebracht.«

»Wann war das?«

»Vor zwei Monaten oder so.«

»Seit ihr euer Stück entwerft?« Sie konnte nicht antworten, sie musste ja wieder mal Luft holen. »Hast du Herrn Wegmüller danach wiedergetroffen?« Sie schüttelte den Kopf und streckte den Rücken, aber sie konnte nicht lesen, was auf dem Blatt stand, das er in Händen hielt. »Was heißt das? Hat er dich eingeladen und du hast ihn gestern überraschen wollen?«

»Nein.« Sie sackte zusammen. »Er wusste nichts. Absolut nichts. Für ihn bin ich unsichtbar. Das habe ich ändern wollen.«

Hutmann nickte und schwieg.

»Was ist jetzt?« In Emmas Kopf hämmerte es, die Bauchwand verhärtete sich.

»Sei beruhigt, dir geschieht nichts.«

»Und ihm?«

»Ich rede mit Frau Lützle und Herrn Wegmüller, das ist alles.«

»Und was sagen Sie Herrn Wegmüller?«

»Ich erkläre ihm die Situation unseres Hauses. Aber die hat er inzwischen sowieso mitbekommen. Gut so?« Ihr Kopf beruhigte sich etwas, aber der Bauch blieb hart. »Hat Luisa im Stück auch einen Freund?«, fragte er.

»Hugi. Aber den gibt es nicht. Sie hat mir auch nie so was gesagt.«

»Hast du ihr von Albert erzählt?«

»Sicher nicht!«

»Also gibt es diesen Hugi vielleicht auch.«

»Nein, nicht möglich.«

Er nickte. »Und weshalb bist du dir so sicher?«

»So blöd ist kein Mann, dass er sich Hugi nennen lässt. Ausgeschlossen.« Er schmunzelte. »Oder?« Sie war sich auf einmal nicht mehr sicher, ob er das auch so sah. Er wusste manchmal etwas und behielt es für sich.

»Du hast recht«, sagte er. »Es ist nur ein Theaterstück.« Er nahm die Papiere, die vor ihm auf dem Tisch lagen, und legte sie auf den Stapel am Rand. Sie atmete aus. »Aber Herrn Wegmüller besuchst du nicht mehr«, sagte er. »Und du gehst auch nicht mehr ohne dich abzumelden raus. Ich habe noch nie Nein gesagt, wenn jemand rausgehen will.«

Warum wechselte Hutmann hin und her? Erst war er so nett gewesen und hatte von Mitbestimmung geredet, jetzt verbot er ihr, zum Film zu gehen.

»Kann ich mich auf dich verlassen?«, fragte er.

»Sicher, voll.«

Er sagte nichts mehr. Als sie kurz aufsah, wies er zur Tür.

Kim

Emma ging direkt zu Lipsi in den Waschraum, die putzte gerade die Zähne. »Was hast du gestern zu Hutmann gesagt?«

»Nur dass du rausgegangen bist. Und dann noch dass du bei der Aufführung nicht mehr mitmachen willst.«

»Hast du auch von Albert erzählt?«

»Albert?« Ein Flocken Zahnpastaschaum fiel Lipsi aus dem Mund. »Gibt es den wirklich?«

»Nein.«

»Komm schon, mir kannst du es sagen.« Lipsi streckte Emma beim Sprechen die tropfende Zahnbürste entgegen.

»Gibt es etwa einen Hugi?«

»Hast du einen Riss?« Lipsi steckte die Zahnbürste zurück in den Mund und nahm sie wieder heraus. »Aber anscheinend einen Albert, erzähl mir von ihm.«

»Du gehst nicht mehr zu Hutmann, eine Freundin macht das nicht.«

»Wenn ich nicht gegangen wäre, hätte Kim es getan. Ich habe dich geschützt.«

»Das peile ich nicht.«

»Kim wollte melden, dass du zu Albert gehst. Ich wusste nicht, ob sie dich auf einmal anschwärzen wollte. – Woher hat sie das eigentlich gewusst?« Lipsi schaute so komisch herum.

»Wie? Warum? Sie kennt ihn doch gar nicht.«

Emma rannte den Flur hinunter. Kim war nicht in ihrem Zimmer, nur Maxima, die Zwölfjährige. »Sag nicht immer Maxi, ich bin Max!«, sagte sie.

»Eigentlich Maxima«, erwiderte Emma.

»Das ist aber ein blöder Name!« Sie klopfte mit einem Finger auf die Wange.

»Ich will dich aber nicht Max nennen«, sagte Emma.

»Nur weil Kim mich so nennt? Du bist fies.«

»Versteh mich doch. Dann hat Kim das Gefühl, dass ich ihr was nachmache.«

»Ich dachte, du magst mich.«

»Tue ich doch.« Sie strich Maxima zärtlich über den Oberarm. »Also, wo ist Kim?«

»Du bist ein Trampel.«

Emma konnte nicht mit allen in der Töchterentsorgungsanstalt auf Kriegsfuß stehen. »Du hast gewonnen«, sagte sie, »ich nenne dich ab jetzt Max, zufrieden?«

»Wurde auch Zeit.« Max hielt den Kopf schräg.

»Also sag, wo ist Kim?«

»Sie ist Zähneputzen gegangen.«

»Nein, ich war gerade im Waschraum.«

»Aber sie hatte eine Zahnbürste in der Hand, als sie …«

Emma rannte den Flur zurück, Kim kam gerade die Treppe hoch. Emma stellte sich ihr in den Weg. »Wo bist du gewesen?«

»Geht dich das was an?«

»Sag mir sofort, was du über Albert weißt.«

»Nichts.« Kim steckte den kleinen Finger in den Mund und nagte daran herum wie ein Hund an einem Knochen.

»Lipsi hat gesagt, dass du zu Hutmann gehen und mich wegen Albert verraten wolltest.«

»Aha, gibst du es also zu.«

»Was? – Nein, der existiert doch gar nicht.«

»Alles klar.« Kim stieß sie beiseite. Gleich daneben war der Putzschrank. Emma packte Kim, schob sie hinein und zog die Tür hinter sich zu. »Ich will nicht im Dunkeln sein«, wimmerte Kim, »bitte mach die Tür auf.« Emma legte ihr Handy mit angestellter Taschenlampe auf den Boden und fasste Kim an den Oberarmen. »Warum darf ich morgen nicht zum Film?«, fragte Kim.

»Du kannst mitkommen, ich bestimme nicht, wer genommen wird, das macht Albert«, sagte Emma. Kim, die ein Kopf kleiner war als Emma, verzog das Gesicht, das Licht von unten ließ es zu einer grässlichen Grimasse werden. »Was ich für ihn empfinde, geht dich überhaupt nichts an.« Emma ließ sie mit einem Schubs los.

Kim hielt sich am Besen hinter ihr fest. »Ich habe nichts gewusst, nur vermutet.«

»Und das wolltest du Hutmann sagen? Du bist zum Kotzen.«

»Er wusste es schon.«

»Nein, er wusste es nicht. Ich war eben bei ihm.«

»Und ich war nach dir bei ihm«, sagte Kim, »er hat es von dir erfahren. Du hast dich selbst verraten.« Emma verzog den Mund. »Ich finde es voll gemein, dass du mir Luisa weggenommen hast«, sagte Kim. »Sie war meine einzige Freundin. Jetzt habe ich niemanden mehr.«

»Du bist eben unausstehlich.«

Kim schubste sie beiseite und drückte die Tür auf. Emma bückte sich nach dem Handy.

Frau Lützle

Emma fühlte sich schlecht. Wahrscheinlich war sie diejenige, die von allen verlassen war. Sie peilte den Toilettenraum an und wollte hören, dass Lipsi noch zu ihr steht. Die war nicht mehr dort und auch im Zimmer nicht. War sie unten?

Frau Lützle kam ihr entgegen. »Emma? Es wäre gut, wenn wir vor der Abendzeit ein Wort reden.«

»Ich habe im Moment kein Problem.«

»Aber ich. Kommst du?«

Seit wann hatte Frau Lützle Probleme?

Sie nahm in Frau Lützles Büro auf dem roten Couchsessel Platz, wie immer. Und Frau Lützle setzte sich gegenüber in den blauen, auch wie immer. Es war also nichts geschehen. Am entferntesten Punkt, in der Schamecke sozusagen, stand ein einsamer Holzstuhl. Emma hatte nie erlebt, dass sich dort jemand hinsetzen musste.

»Du bist die Älteste und für die Mädchen ein Vorbild«, sagte Frau Lützle. »Und in den vergangenen Wochen hast du das auch hin und wieder hingekriegt. Ich bin stolz auf dich.« Mist, sie hatte was ausgefressen. »Ich habe ein

Thema, das nicht länger warten soll.« Frau Lützle streichelte mit beiden Händen über die Lehnen. »Möchtest du über deine Gefühle zu meinem Lebensgefährten reden?«

»Ich habe keine Gefühle für ihn!«, schoss es aus Emma heraus. »Ich kenne ihn doch gar nicht.«

Frau Lützle nickte, schwieg, endlich sagte sie: »Er hat gesagt, am Set hast du förmlich an ihm geklebt, sein Mitarbeiter musste dich wegziehen.«

»Der hagere Blockerkoordinationsassistent?« Frau Lützle wartete. »Ich habe sicher nicht an Albert geklebt. Ich musste mich ja bei ihm vorstellen, er hat Blocker gesucht. Und dann bin ich gleich zum Löffelwald. Fragen Sie Beate!«

Frau Lützle nickte. »Sollen wir ein andermal darüber reden? Oder ist es so gut für dich?« Was wollte sie? Frau Lützle wartete stumm. Eine Ewigkeit verstrich. War's das jetzt? Konnte sie gehen? Gerade als Emma aufstehen wollte, fragte Frau Lützle: »Hast du mit Kim reden können?«

»Wir reden nicht.«

Frau Lützle machte einen komischen Gesichtsausdruck, als wüsste sie etwas.

»Ist Kim auch bei Ihnen gewesen?«, fragte Emma. »Was hat sie gesagt?«

»Sie hat ein gutes Wort für dich eingelegt.«

»Was hat sie verzapft? Das ist alles nicht wahr!« Emmas Augen wurden feucht. Großartig.

»Sie hat mir erlaubt, es dir weiterzuerzählen: Sie sagte, wir sollen nicht beachten, dass du verliebt bist, das ist schön und für uns Erwachsene nicht von Bedeutung. Du machst eben, was Heranwachsende manchmal machen, du schwärmst für jemanden.«

Emmas Hirn spielte Karussell. »Sie will mich fertigmachen.«

»Ich habe Kim anders erlebt. Sie war sehr reif in ihren Überlegungen.« Fiel denn die ganze Welt auf Kims psychologisches Geraffel herein? »Wäre es nicht gut, wenn du Frieden mit ihr schließt?«

»Sicher nicht.« Emma verkrampfte die Hände zu Fäusten.

»Sie hat mich gebeten, dir zu sagen, dass sie gern deine Freundin wäre. Nutz das bitte nicht aus.«

»Ich nutze niemanden aus! Ich bin selbst voll allein, und jetzt wendet sich auch noch Lipsi von mir ab!«

»Und schon klopft eine neue Freundin an deine Tür, ist das nicht schön?« Kim hatte Frau Lützle umgedreht, Emma war verloren. »Und jetzt noch mal zu Herrn Wegmüller.« Frau Lützle tippte mit den Fingern beider Hände auf die Armlehnen. »Du gehst nicht mehr zu den Dreharbeiten. Er sieht das auch so und wird deine Mitarbeit ablehnen, wenn du wieder am Set auftauchst.«

Emma ließ die Arme zwischen die Beine fallen. Nach einer Weile streckte sie den Rücken. »Nein, Frau Lützle, das geht nicht. Morgen gehen wir alle zum Film, wir sind fest verabredet.«

»Alle? Wen meinst du damit?«

»Lipsi, Sofie, Abby, alle. Sogar Max und Kim.«

»Max? Du meinst unsere süße Maxima?«

»Sie ist nicht süß! Sie ist tough.«

»Emma, das geht nicht.«

»Doch. Albert braucht uns. Ohne uns kann der *Tatort* nicht gedreht werden.«

Frau Lützle schüttelte den Kopf. »Nicht die Bewohnerinnen aus unserem Haus.« Jetzt begriff Emma, Kim hatte Frau Lützle eingespannt, um sie bei den anderen bloßzustellen! »Rufen wir meinen Lebensgefährten an, einverstanden?« Emma konnte nicht mehr klar denken. Sie musste ihre letzte Kraft zusammennehmen, um dieses Komplott zu überstehen. »Hallo Schatz, Anne hier.« Frau Lützle hielt das Telefon ans andere Ohr. »Hast du gewusst, dass morgen das ganze Mädchenhaus bei den Dreharbeiten dabei sein will?« Krass, sie sagte »Schatz«, das konnte Albert ja wohl nicht ertragen! »Ich sage es ihr.« Frau Lützle legte das Telefon auf den Tisch zurück. »Morgen wird in Ulm gearbeitet. Die Szene im Freizeitpark ist gestrichen.«

»Nein! Albert kann die Szene nicht streichen! Dann hat ja auch Beate keinen Job mehr.«

»So ist das beim Film.«

»Dann fahren wir halt nach Ulm. Sie können ja mitkommen, Sie und Herr Hutmann.«

»Wir fahren nicht nach Ulm«, Frau Lützle legte die Hände auf die Oberschenkel, »das ist viel zu weit.«

»Doch, wir müssen. Sonst stehe ich vor den anderen als Schwindlerin da.«

»Die verstehen das. Und du hast jetzt ein psychologisches Talent an deiner Seite, Kim hilft dir.«

»Hat sie das angezettelt?« Emma wollte nicht wieder losflennen, sie spannte das Gesicht an und stand auf.

»Bleib bitte sitzen«, sagte Frau Lützle. »Wir haben noch was zu besprechen.« Emma plumpste auf den roten Sessel zurück. Frau Lützle schaute auf die Armbanduhr. »Es ist für dich vielleicht unangenehm, aber ich denke, wir können die Gelegenheit nutzen, um …«

Es klopfte.

Frau Lützle erhob sich und öffnete die Tür.

Mom! Mit Rock, schwarzen Strümpfen und dem grässlichen Haarknoten, der sie uralt machte. Frau Lützle schüttelte ihr die Hand und bat sie herein. Sie ging auf Emma zu, breitete die Arme aus und sagte: »Mein Engelchen! Mein Sonnenschein!«

Emma starrte demonstrativ zu Frau Lützle und stand erneut auf, doch Frau Lützle bedeutete ihr stumm, sich wieder zu setzen. Emmas Mutter pflanzte sich in den blauen Ledersessel.

Emma konnte nur mit dem Kopf schütteln, sprechen war ihr unmöglich.

»Deine Mutter ist gekommen, um sich zu erkundigen, wie du dich machst.«

»Genau genommen wegen dem Vorfall.« Die Mutter bohrte ihren rechten Ellenbogen in die Lehne. Frau Lützle zog sich auf den Holzstuhl in der Ecke zurück, Emma versank im Sessel. Man war gerade dabei, sie zu entsorgen. »Sie haben es mit ihr besprochen?«, fragte die Mutter. Frau Lützle nickte.

»Was macht meine Mom hier«, rief Emma, »ich dachte, sie kommt nicht her!«

»Ach, mein Goldmädchen!«

Emma drehte sich zur Wand und zog die Beine auf die Sitzfläche. Eine halbe Ewigkeit sprach niemand. Wahrscheinlich verständigten sich die beiden hinter ihrem Rücken mit Zeichen, darin war Mom Weltmeisterin! »Kann ich bitte gehen!« Emma sprach zur Wand.

»Dreh dich bitte zu uns, deine Mutter will hören, wie es dir geht.« Emma drehte sich mit einem Ruck um. Frau Lützle saß weit weg von ihnen. Sie sollte gefälligst Emma schützen, das hatte sie ihr großspurig zugesichert, als sie vor einem Jahr hierherverfrachtet worden war!

Emma stand auf. »Ich gehe jetzt. Ihr könnt das unter euch klären, ich will nichts wissen.« Sie ging auf die Tür zu.

»Mein Goldmädchen.« Mom stand ebenfalls auf. »Willst du nicht wieder nach Hause kommen?«

Emma erstarrte. Frau Lützle sagte nichts, und auch Mom schien auf eine Antwort zu warten. Emma drehte sich um. »Sicher nicht!«

»Du brauchst jemanden, der auf dich aufpasst«, sagte Mom.

Jetzt stand Frau Lützle endlich auf und ging zu Mom. »Emma macht sich gut bei uns, sie öffnet sich mehr und mehr, und sie hat, seit sie da ist ...«

»Sie kennen meine Meinung«, sagte Mom in scharfem Ton.

Emma presste den Rücken an die Tür. »Und ich werde nicht gefragt?«

»Doch, natürlich.« Frau Lützle stellte sich neben sie. »Sie können Emma nicht einfach herausnehmen. Dafür gibt es ein Prozedere.«

»Was soll denn noch passieren?«, fragte Mom.

»Das war harmlos, wir konnten es klären.«

»Dass meine Tochter verführt wird, ist harmlos?«

»Mom!«, schrie Emma und machte einen Satz zur Seite.

Frau Lützle ging auf Mom zu. »Bitte, nicht so. Herr Hutmann hat es Ihnen erklärt. Es spielt sich alles ausschließlich in Emmas Fantasie ab.«

»Sind Sie sicher? Sie lügt doch! Das hat sie schon immer gemacht.«

Emma schluchzte auf.

»So sollten Sie nicht reden«, sagte Frau Lützle, »Sie verstören sie damit nur.«

Emma packte Frau Lützles Hand. »Helfen Sie mir doch, ich will nicht nach Hause!«

Frau Lützle drückte ihre Hand. »Du bleibst.«

Emma weinte.

Mom streckte ihr die offene Hand entgegen. »Komm, mein Goldstückchen, hier ist kein Ort für dich.«

Emma verbarg sich hinter Frau Lützles Rücken.

»Frau Maurer«, sagte Frau Lützle. »So geht das nicht, lassen Sie uns nächste Woche weiterreden.«

»Das kann ich so nicht stehen lassen.« Mom marschierte zur Tür. »Das hat ein Nachspiel.«

Frau Lützle schloss die Tür hinter Mom und umarmte Emma. »Keine Sorge, dir geschieht nichts.«

»Danke«, hörte Emma sich sagen.

Frau Lützle redete lange auf Emma ein, um sie zu beruhigen. Sie erzählte ihr, ihre Mutter habe darauf bestanden, vorbeizukommen, gleich noch an dem Abend, nachdem Herr Hutmann ihr von dem »Vorfall« erzählt habe. Wenn sie gewusst hätte, wie Ihre Mutter sich aufführen würde und dass sie beabsichtige, sie gleich mitzunehmen, hätte sie Emma nicht in die Besprechung einbezogen. Aber sie möge auch ihre Mutter verstehen, sie sei unter Schock gestanden. Lauter solche Dinge. Immer mehr Worte kamen, manche betont, als sollten sie in die Luft gehängt werden, zu einem Mobile zusammengestellt, an unsichtbaren Fäden befestigt. Immer neue Worte, doch nie kam ein Gleichgewicht zustande.

Das einzig Beruhigende war, dass Frau Lützle tatsächlich zu ihr gehalten hatte. Aber was nützte es? Sie kannte Mom nicht. Wenn die einmal was wollte, war sie nicht mehr davon abzubringen. Es war vorbei. Auch bei den anderen war Emma erledigt. Sie konnte sich gleich in Luft auflösen.

Die neue Freundin

Es war neun Uhr, eine halbe Stunde vor dem Schlafengehen. Emmas Kopf hämmerte. Sie ging in den Aufenthaltsraum und sah Kim in der Ecke sitzen, die anderen elf spielten quer über die Esstische Pingpong. Es waren alle da, Emmas Totallöschung konnte einstimmig beschlossen werden.

Auf der Fensterbank standen ausgetrunkene Becher, daneben lagen zwei Brausetablettenröhrchen ohne Deckel. Emma stürzte sich darauf und guckte in die Röhrchen: Orange und Zitrone, beide leer.

Wer hatte heute das Glas bekommen? Immer eine von ihnen durfte einer anderen ein Glas zuschieben, weil sie sie heute besonders schätzte. Das hatte Max eingeführt. Idiotisch, aber irgendwie auch genial. Heute bekam Emma nicht mal einen Plastikbecher.

»Hey, Emma.« Ein Mädchen hielt ihr einen Schläger hin. »Nein, hier.« Eine andere ebenfalls. Emma ging zu Kims Tisch. Vor Kim stand auch ein leerer Becher. Klarer Fall, Emma war raus. Kein Becher, keine Brausetabletten mehr, sonst hatte man immer auf sie gewartet, ehe man mit der Zeremonie begonnen hatte, ihr zumindest eine Tablette aufgehoben.

»Ja, was ist?«, fragte Kim.

»Bist du bei Frau Lützle gewesen?«

»Bei Hutmann, Frau Lützle war auch dabei.«

»Was habt ihr besprochen?«

»Fängst du wieder damit an?« Kim strich über den Tisch. Ihre Finger waren so zart, so wohlgeformt, zerbrechlich auch. Hier und da klaffte eine Wunde. Biss sie sich so fest in die Finger?

»Frau Lützle hat gesagt, ich soll dein psychologisches Talent beanspruchen«, sagte Emma. »Ich muss denen sagen, dass morgen nicht gedreht wird.« Sie machte eine Kopfbewegung zu den Pingpong spielenden Mädchen.

Kim sprang auf. Und schrie so laut, dass es im ganzen Saal zu hören war: »Nicht wahr!

Wann drehen die denn weiter?« Emma schüttelte den Kopf, Kim ließ die Schultern fallen. Das Klacken der Pingpongbälle ebbte ab. Die Mädchen kamen um den Tisch.

»Wir dürfen nicht zu den Dreharbeiten?« Max trommelte sich mit dem Schläger auf die Wange. Emma legte die Hand auf ihre Schulter und atmete tief aus.

Kim wandte sich den Mädchen zu. »Emma hat alles getan. Sie hat mit Hutmann gesprochen, mit Frau Lützle und sogar den Filmregisseur angerufen. Nichts zu machen.«

»Wer ist denn der Regisseur?«, flüsterte Emma.

»Florian Baxmeyer. Kannst du googeln«, flüsterte Kim zurück. In die Runde sagte sie: »Florian, der Regisseur, bedauert das zutiefst. Und er kommt mal vorbei. Er will uns kennenlernen.«

»Toll.« »Super.« »Ich zeige ihm meine Stiefel.« Die Mädchen sprachen alle durcheinander. Und droschen dann mit leuchtenden Gesichtern von Neuem auf ihre Bälle ein.

»Du kannst schön lügen«, sagte Emma.

»Ich habe dich gerettet.«

»Danke.« Hatte sie Kim eben Danke gesagt?

»Und jetzt könnten wir Frieden schließen«, sagte Kim. »Ich bin bereit.« Emma presste die Lippen aufeinander. »Was soll ich noch für dich tun?«, fragte Kim leise.

»Ich habe im Moment mit niemandem Frieden, alle sind gegen mich.«

»Das geht mir genauso.«

»Und meine Mom …« Emma konnte nicht weitersprechen.

Kim nickte. »Meine auch.«

»Was?«

»Solche Mütter wollen einen kaputtmachen. Wir müssen uns wehren.«

»Bei meiner ist das nicht möglich«, sagte Emma.

»Bei meiner auch nicht.«

»Was verlangt sie denn von dir?«

»Dass ich mich umbringe.« Kim schloss die Augen.

»Hä!« Emma hielt sich am Tischrand fest.

Kim nickte mit geschlossenen Lidern. »Aber ich lasse mich nicht kleinkriegen.«

»Meinst du das wörtlich, umbringen?« Kim verdeckte die Augen mit dem Arm. »Weinst du?«

»Nein.« Sie weinte, Emma hörte es an ihrer zittrigen Stimme.

»Das hat sie sicher nicht so gemeint.« Emma strich mit den Fingern über die Tischfläche. Am liebsten wäre sie Kim damit über den Rücken gefahren. »Keine Mutter will, dass sich ihre Tochter umbringt. Das sicher nicht.«

»Aber sie hat es gesagt. ›Bring dich doch um‹, hat sie gesagt. Und sie meinte es so.«

Emma hatte Kim noch nie weinen sehen. Wollte sie Mitleid erwecken oder war es wirklich so schlimm? Emma schaute aus dem Fenster. Die Nacht griff nach dem roten Horizont.

Im Hintergrund klackten die Pingpongbälle, einer rollte zu Emma. Max rannte hinterher und bückte sich. Bevor sie losschwirrte, stieß sie Emma an und zeigte auf den Tisch.

Kims Augen waren gerötet. Sie schob mit zwei ihrer grazilen Finger eine Brausetablette über den Tisch. Eine Pulverspur bildete sich, ähnlich der Kondensspur eines Flugzeugs. Das Glas stand auf Emmas Seite, Emma nahm die Tabletten und griff nach dem Glas. Kim holte den Wasserkrug von der Fensterbank.

»Okay«, sagte Emma. »Wir können über unsere Mütter reden, aber nur bis zum Schlafengehen.« Kim schloss die Augen und lächelte in sich hinein. Plante sie eine Attacke? »Freu dich nicht zu sehr«, sagte Emma, »wir haben zehn Minuten.« Sie rüttelte am Tisch, der zwischen ihr und Kim stand. Kims Lächeln erlosch. »Ich bin mir ja nicht sicher, was du vorhast«, sagte Emma.

»Was soll ich denn vorhaben?«

»Irgendwas Hinterhältiges.«

Kim streckte die Hand über den Tisch. »Emma, ich tue dir nichts, im Gegenteil, ich bewundere dich.«

»Ach, auf einmal?«

»Du hast Ideen, du sagst uns, wie die Welt tickt, alle hören auf dich.«

»Davon habe ich nichts gemerkt.«

»Stimmt«, sagte Kim. »Du gibst dich unsensibel und merkst gar nicht, was die anderen für dich empfinden.«

»Lipsi steht zu mir«, sagte Emma. Kim biss sich auf die Unterlippe. »Was ist mit ihr? Sag schon, ich ertrage es. Sie hat mich sowieso fallenlassen.«

»Versteh mich nicht falsch, sie ist eine Liebe.«

»Ja, weiß ich«, sagte Emma.

»Sie tut meistens, was man von ihr erwartet, sie kommt schon noch aus sich heraus.«

»Was du wieder denkst.«

»Und bei dir – darf ich dir das sagen?« Kims Augen waren so zart.

»Red weiter.«

»Ich meine es ja gut.«

»Sag schon.«

»Also mit deinem Selbstwertgefühl, da könntest du was machen.« Emma schnellte hoch. »Setz dich, du erträgst die Wahrheit.«

»Du machst mich fertig.«

»Du bist ein wirklich toller Mensch«, sagte Kim, »ist dir das klar?«

»Echt jetzt?«

»Ja, echt.«

»Du verarschst mich doch.« Emma setzte sich.

»Denk doch nicht immer gleich so was«, sagte Kim.

»Ich habe keinen Selbstwert, aber plötzlich bin ich toll. Das geht nicht zusammen.«

»Doch, das geht. Schraub ein bisschen an deiner Selbstachtung, nur ein ganz klein bisschen, und schon kommt die starke Frau hervor.«

»Stark und frei«, sagte Emma leise.

»Frei nicht«, sagte Kim.

»Doch. Das hat Hutmann gesagt.«

»Gesagt, ja. Aber solange wir nicht volljährig sind, werden wir immer rumgeschubst.« Kim kreiste einen Finger über Emmas Handrücken. »Aber wir sind stark.«

»Du auch?«

»Wir beide.« Kim zeigte auf die anderen Mädchen. »Wir alle. Und du bist unsere Superwomen.«

»Willst du dich bei mir einschleimen?«

»Warum nicht?«

»Ich bin keine Lesbe«, sagte Emma. Kim verschloss den Mund. »Du bist doch – stimmt das gar nicht?« Kims Augen wurden feucht. »Was hast du?«, fragte Emma.

»Du kannst das nicht wissen, ich musste das sagen.«

Emma setzte sich neben Kim. »So, jetzt gehe ich nicht mehr weg. Erzähl, was ist mit dir?«

Kim wischte sich die Tränen weg. »Der neue Typ meiner Mutter …« Sie verstummte.

»Ja?«, fragte Emma.

»Ich habe ihm gesagt, dass ich lesbisch bin.« Sie zuckte mit den Schultern und fügte leise hinzu: »Das war ihm egal.« Sie schaute zu den spielenden Mädchen.

Emma wartete.

Kim wendete wieder den Kopf. »Am nächsten Tag kam meine Mom und hat Theater gemacht. Ich blieb bei meiner Behauptung. Sie ist durchgedreht. Ich durfte nicht mehr zur Schule, nicht mehr nach draußen, auch nicht mehr in die Küche Essen holen oder im Wohnzimmer fernsehen. Ich musste in meinem Zimmer bleiben, bis ich mich besserte. Was ist denn das? Bessern. Kann jemand seine sexuelle Orientierung verändern? Mit Mom konnte ich nicht mehr reden, ihr Typ durfte auch nicht mehr in mein Zimmer – na, Ziel erreicht.«

Kim bedeckte die Augen mit beiden Händen, Emma wartete.

»Musstest du ganz allein im Zimmer bleiben?«, flüsterte Emma. »Wie lange?«

»Zwei Wochen«, antwortete Kim. »Ich dachte, Mom schwenkt um, einmal muss es ja wieder gut sein. Aber sie kam mehrmals am Tag und brachte mir Essen und redete auf mich ein. Da wurde mir klar, sie ist psycho. Schon immer, seit ich denken kann. Ich habe es nur nicht gecheckt. Sorry, die eigene Mutter ein

Psycho. Ich hatte nie eine Mutter, die zu mir gehalten hat.« Tränen rollten über Kims Wangen.

Emma umarmte sie, drückte sie. Nach einer Weile sagte sie: »Und dann?«

»Sie wollte gar nicht wissen, was dieser Typ gemacht hat. Ich hätte auch ausrasten können oder depressiv werden. Aber das wollte ich nicht. Zum Glück weiß ich einiges über Psychologie. Ich habe einen Hungerstreik gemacht, aber Mom hat das ignoriert. Dann habe ich ihr verboten, in mein Zimmer zu kommen, ich habe es von innen abgeschlossen. Was sie vor der Tür geschwafelt hat, war mir egal.«

»Was hat sie gesagt?«

»Hör doch hin: Es war mir egal!«

Emma streichelte Kims Rücken. »Aber du hast zugehört? Vielleicht ist sie auf dich eingegangen.«

»Was weißt denn du! Ich soll mich umbringen und solches Zeug hat sie erzählt.«

»Stimmt«, sagte Emma. »Du bist stark, wirklich stark.«

»Und dann sind die vom Jugendamt gekommen und haben mich hierhergebracht. Ich durfte natürlich nicht sagen, dass ich mit meiner sexuellen Orientierung gelogen habe, sonst hätte ich wieder zurückgemusst. Jetzt weißt du es. Und du sagst es niemandem. Das ist unser Geheimnis.«

»Versprochen.«

»Kann ich sicher sein?«, fragte Kim.

»Soll ich meinen Finger aufschneiden und mit meinem Blut schwören?«

»Ja.«

»Okay. Aber dann musst du dich auch piksen.«

Kim hielt Emma die Wange hin. »Gib mir einen Kuss, das wirkt genau gleich.«

Emma schaute zu den anderen, sie waren ins Pingpongspiel vertieft, und küsste Kim rasch auf die Wange. Kim gab Emma einen Kuss auf den Mund.

Nachtruhe

Es war zehn nach zehn. Emma löschte das Licht und ging ins Bett. Der dicke rote Vorhang vor dem Fenster war zugezogen, am rechten Rand schien der Mond durch, direkt auf

161

Lipsis Schreibtisch, und erhellte ein wenig das Zimmer. Emmas Tisch lag im Dunkeln. Bei ihr lag alles im Dunkeln, das ganze Leben.

Lipsi atmete geräuschvoll. Sie schlief immer gleich ein, egal, was am Tag gewesen war. Sie hätte auch im vollen Mondschein liegen können – kaum im Bett, war sie weg.

»Lipsi, schläfst du?«, flüsterte Emma.

»Hm.«

»Bist du noch meine Freundin?«

»Hm.«

»Kim will auch meine Freundin sein.«

Lipsis Bettdecke raschelte. »Echt?«

»Sie hat mich auf den Mund geküsst.«

»Und du? Willst du sie?«

»Ich kann es ja mal probieren. Heute Abend war sie riesig.«

»Aber du verlässt mich nicht wegen ihr?«, fragte Lipsi.

»Sicher nicht!«

Lipsis Atem wurde gleichmäßig. Die Tür ging auf, ein grüner Lichtstrahl glitt ins Zimmer. »Emma?« Max. »Kim will, dass du zu ihr rüberkommst.«

»Ich kann nicht, wir müssen schlafen.«

»Sie will, dass ich mit dir das Zimmer tausche.« Max stellte sich vor Emmas Bett, das eine Ende ihrer Bettdecke über die Schulter gezogen.

Emma stand auf, drückte ihre Bettdecke an die Brust und ging zu Lipsi, die schon wieder schlief. Emma strich ihr eine Locke aus dem Gesicht und huschte zu Kims Zimmer ganz am Ende des Flurs.

Die Tür war leicht geöffnet, Emma drückte sie hinter sich zu. Die Läden waren geschlossen und die Vorhänge zugezogen, es war stockduster. Hatte Kim nicht Angst im Dunkeln?

»Wo bist du?«, flüsterte Emma.

»Hier«, flüsterte Kim.

Emma tastete sich in die Ecke gegenüber, aber da war kein Bett.

»Wo ist das Bett von Max?«

»Ich habe es neben meins gestellt.«

»Darfst du das?«

»Warum nicht?« Emma tastete sich zu Kim und stieg in das Bett von Max. »Morgen gehen wir auf den Burbullaturm«, sagte Kim, »Hutmann hat es erlaubt.«

»Du meinst den Messeturm in Frankfurt? Ich bin nicht schwindelfrei.«

»Du musst dich überwinden. Und nein, es ist der neue Turm in Bonn. Der aus Glas.«

»Den gibt es doch noch gar nicht.«

»In der Zukunft schon, ich habe eine Zeitmaschine.«

Morgen würde Emma das Zimmer zurückwechseln.

Teil 4

Ausgestiegen

Im Turm

Emma stand mitten auf der Treppe und bekam kaum Luft, neben ihr wartete Kim.

»Gibt es keinen Fahrstuhl?«, fragte Emma.

»Noch achtzehn Stufen.«

»Ich schaffe das nicht.«

»Du schaffst das. Zwei Treppenabschnitte täglich, ohne dass dich jemand stützt, hat Doktor Maibach gesagt.«

Emma kannte keinen Doktor Maibach. Fing Kim wieder mit ihrem Gelaber an! Kim trug ein braunes Deux-Pièces, Turnschuhe, eine hellrosa Bluse.

»Woher hast du das Deux-Pièces?«, fragte Emma.

»Na von dir, zum dreißigsten Geburtstag.«

Jetzt war Kim durchgedreht. Sie standen in einem Glaskasten, dahinter schimmerten winzige Häuser. Ein unangenehmes Gefühl durchfuhr Emma. »Sind wir in dem Glasturm, von dem du erzählt hast?«

»Ja, sind wir. Und ich bleibe bei dir, keine Angst.«

»Der ist doch erst in Planung.«

»Den haben sie vor drei Jahren fertiggestellt«, sagte Kim.

»Hast du uns in die Zeitmaschine gesetzt?«

Kim schüttelte nachdenklich den Kopf. »Das war doch damals meine Metapher. Ich war verliebt in dich und meinte damit, dass wir überallhin reisen können, räumlich wie zeitlich. Das habe ich dir doch schon tausendmal erklärt.« Die Turmspitze war durch all das Gestänge nicht zu entdecken, und nach unten wollte Emma nicht schauen. »Gehen wir weiter?« Kim stieg eine Stufe höher.

»Ich glaube, ich bin mit dem Kopf irgendwo angestoßen«, sagte Emma. »In mir dreht sich alles.«

»Das kommt vom Tumor. Morgen bist du ihn los.«

»Seit wann habe ich einen Tumor! Wie durchgeknallt bist du denn?«

Kim kam mit missmutigem Gesicht zu Emma zurück. »Seit sechzehn Jahren, schätzt Doktor Maibach.«

»Nein.«

»Sag nicht immer Nein, es ist so.« Kim drehte sich nach vorn.

»Nerve ich?«, fragte Emma.

»Schon, aber es ist okay.«

»Du killst mich mal wieder, das ist es. So will ich dich nicht.« Emma setzte sich auf die Stufe. »Was laberst du da von dreißigstem Geburtstag? Ich bin fünfzehn, du vierzehn. Diesen Turm gibt es nicht, und ich bin noch nicht endgültig in dein Zimmer gezogen. Das canceln wir jetzt gleich wieder.«

»Doch. Und da hat unsere Freundschaft angefangen und wir sind seit zwölfeinhalb Jahren ein Paar. Und dein Kopf platzt bald, deine Erinnerungen sind lückenhaft, deine Reflexe reduziert, nur deine schlechte Stimmung, die ist geblieben!« Kim schloss die Augen. »Morgen wirst du operiert, hoffentlich wirst du wieder die Alte.«

»Warum sagst du so was?«

Kim stieg eine Stufe höher. »Kommst du?«

Emma raffte sich auf und hielt sich mit beiden Händen am Geländer fest. Sie zitterten. Kim kam herunter, legte die Arme um Emma und drückte sich von hinten an sie. Es fühlte sich so vertraut an.

Max

Die Tür zum Treppenschrank ging auf. »Warum versteckst du dich schon wieder hier?« Max. Die Tür ging zu. »Ich will, dass du fröhlich bist«, sagte Max in die Dunkelheit. Emma spürte, wie Max nach ihr tastete. »Mach Platz, ich will mich setzen.« Emma rutschte zur Seite. »Ist es wegen der ständigen Fragen, was du werden willst?«, fragte Max.

»Nein.«

»Oder wegen Kim?«

»Vielleicht.«

»Sag nicht vielleicht, sag Ja oder Nein.«

»Ich weiß es doch nicht«, sagte Emma.

»Kim hat dich gern, sie kann es also nicht sein«, sagte Max.

»Woher weißt du das?«

»Sie hat es mir gesagt.«

»Ist sie verknallt in mich?«

»Emma, spinnst du?«

»Ich dachte nur.«

»Du denkst zu viel. Und verkriechst dich ständig unter der Treppe.«

»Das verstehst du nicht«, sagte Emma.

»Ich soll dich holen.«

»Wer will das? Kim?«

»Jetzt hör auf. Wir alle wollen das. Ich auch. Und wenn du nervst, sage ich dir das.«

»Hat Kim gesagt, dass ich sie nerve?«

»Du nervst alle. Aber Kim hat Abby eine geschmiert, als sie dich hinterfotzig genannt hat.«

»Echt?«

»Ja. Ich gehe jetzt wieder.« Max stand auf.

»Max?« Emma tastete nach Max' Hand und zog sie wieder zu sich herunter. »Warum kümmerst du dich ständig um uns? Du bist doch keine Sozialtante.«

»Ich mache es einfach.«

»Ich sage ja nichts, aber – wie soll ich es sagen? Ist das nicht ein bisschen zu nächstenliebemäßig?«

»Und?« Emma merkte, dass sie immer noch Max' Hand hielt, und ließ sie los. »Ich bin eben so«, sagte Max.

»Warum?«, fragte Emma.

»Du nervst. Das habe ich dir schon mal erklärt.«

»Habe ich nicht mitbekommen, sorry.«

»Ich habe drei jüngere Brüder«, sagte Max, »und für die habe ich alles gemacht – bis ich hierhergekommen bin. Meine Eltern arbeiten. Meine Mom ist Verkäuferin bei Humana und abends putzt sie im Familiencenter, mein Dad geht mit Shampoo und Badebürsten von Haus zu Haus. – Warst du nicht dabei, als ich das erzählt habe?«

»Nein, das höre ich zum ersten Mal.«

»Hm, stimmt. Ich habe es Lipsi erzählt und davor Kim. Du warst ja mal wieder verschwunden. Aber du hängst doch jetzt ständig mit Kim rum, so wie früher mit Lipsi.«

»Wir haben andere Themen.«

»Okay. Mein Bruder ist jedenfalls krank geworden, und ich bin nicht mehr zur Schule gegangen. Ich wusste nicht, dass das so schlimm ist. Xaver war sechs Wochen krank, und dann sind zwei Frauen gekommen. Ich dachte, die von den Zeugen Jehovas, die kamen ab und zu und haben auch immer am Balken geklopft. Sie haben mir manchmal mit dem Haushalt geholfen, weil meine Eltern ja nie da waren. Aber diese zwei waren neu. Sie haben gefragt, wo meine Eltern sind, und ob die entschieden haben, dass ich nicht mehr zur Schule gehe. Ich sagte, dass meine Eltern arbeiten sind und dass ich es selber entschieden habe, weil ich einfach keine Zeit mehr für die Schule habe. Dann haben sie noch gefragt, ob meine Eltern mir nicht gesagt haben, dass sie vorbeikommen, und sind wieder gegangen. Ich habe von nichts gewusst. Nachts, als meine Mutter vom Putzen kam, bin ich noch mal aufgestanden und habe es ihr erzählt. Sie war erschöpft und hat nur genickt und gesagt, dass ich nicht einfach die Schule schwänzen darf. Aber was sollte ich denn machen? Wenn ich mich nicht kümmere, haben wir Chaos und meine Brüder nichts zu essen. Lino ist zwei, David drei.«

»Und Xaver?«

»Fünf.«

»Hast du noch Schwestern?«

»Eine Schwester und noch einen Bruder«, sagte Max, »die sind aber beide älter und leben bei meinem Dad. Bei meinem richtigen Dad.«

»Und du wolltest bei deiner Mom wohnen?«

»Musste ich, wer kümmert sich sonst um die Kleinen?«

»Na ja, irgendwie müsste das auch so gehen. Muss es jetzt ja auch.«

»Nein, ein Chaos ist das. Fändest du es gut, wenn sie niemanden haben?«

»Und dann? Als die Schultanten wieder gegangen sind?«, fragte Emma.

»Am nächsten Tag sind sie wiedergekommen und haben mich mitgenommen. Seitdem bin ich hier. Sechs Monate sind es jetzt.«

»Und deine Brüder?«

»Ich weiß nicht. Meine Mutter hat mich schon dreimal besucht. Sie sagt immer, es geht ihnen gut.« Max fuchtelte mit den Händen.

Emma spürte den Wind. »Meinst du, das stimmt nicht?«, fragte sie.

»Ich will nach Hause und mir das selbst anschauen.«

»Na ja. Du willst nach Hause. Bei uns will das sonst kaum jemand.«

»Ich bin eben nicht wie ihr.«

»Ja, du bist so umgänglich, das tut uns allen gut.«

»Was meinst du damit?«

»Wo habt ihr denn gelebt?«, fragte Emma, ohne auf Max' Frage einzugehen. »Du hast von einem Balken gesprochen, an den die Frauen geklopft haben. Habt ihr keine Tür?«

»Das sage ich dir nicht.«

»Warum nicht?«

»Wenn du ein bisschen netter bist, dann vielleicht. Sonst machst du eine blöde Bemerkung, und das will ich nicht.«

»Hey, ich komme halt manchmal widerspenstig rüber, ich habe auch meine Probleme.«

»Was du hier im Dunkeln machst, ist gespenstisch.« Max stand auf. »Komm jetzt.«

»Ich brauche noch fünf Minuten«, sagte Emma.

Max öffnete die Tür, Licht drang herein. Sie war klein, und konnte aufrecht im Treppenschrank stehen. »Und wenn du in fünf Minuten nicht kommst, was soll ich dann machen?«

»Dann wartest du noch mal fünf Minuten.«

Max ging.

Stöckelschuhe

Emma, achtunddreißigjährig, musste zum Zahnarzt. Sie musste auch noch Stöckelschuhe kaufen und den Mixer zurückbringen, und es war schon Viertel vor drei. Der Zahnarzttermin war halb vier, und sie hatte bis jetzt keine Zeit für anderes gehabt. Sollte sie absagen? Doch der Zahn hämmerte bis in den Schädel, sie wollte sicher sein, dass es kein neuer Tumor war.

Um halb fünf wusste sie, es war ein Loch gewesen. Jetzt war der Zahn still, und sie hatte eine schwammige Wange.

Die braunen Stöckelschuhe waren zu wacklig, die hellbraunen zu eng und die roten zu knallig. Die Verkäuferin wollte weitere Paare holen, doch Emma hielt sie zurück. »Geben Sie mir einfach ein paar bequeme Laufschuhe, sonst hämmert mir jeder Schritt im Kopf.«

»Wir führen ein neues Laufschuhsortiment, für fünfzig Euro können Sie ein Paar zwei Wochen zur Probe tragen.«

Der Mixer war in fünf Minuten ausgewechselt, er hatte noch Garantie gehabt.

Emma rief Kim an. »Kim, ich kaufe keine Stöckelschuhe. Die pochen mir so im Schädel.«

»Musst du aber, sonst kommen wir nicht rein.«

»Dann verzichte ich halt auf das Konzert.«

»Emma!« Kim weinte mal wieder. »Du hast das Konzert vorgeschlagen. Was soll ich jetzt mit zwei Karten?«

»Such dir jemand anderen.«

»Meine Freundinnen gehen nicht in klassische Konzerte.«

»Und ich lasse mir keine Garderobe vorschreiben.« Kim schluchzte. »Beruhige dich«, sagte Emma. »Es geht mir gerade nicht sonderlich, ich kann nicht kommen. Tut mir leid.« Sie befanden sich wieder mitten im Streit wie ein altes Ehepaar.

»Dir geht es immer ›nicht sonderlich‹«, sagte Kim. »Musst du immer gleich …?«

»Schscht«, sagte Emma. Kim schwieg. »Sorry, dass ich wieder angefangen habe zu streiten«, sagte Emma.

»Angenommen«, sagte Kim. Das Weinen versiegte. Emma wartete, Kim schwieg. »Kann ich dir was Wichtiges sagen?«, fragte Kim. »Hörst du zu?«

Aber Emma hatte schon aufgelegt, sie hatte keine Lust auf Kims Belehrungen gehabt. Als es wieder klingelte, drückte sie den Anruf weg.

So kam sie zu einem freien Abend und sagte spontan der Essenseinladung einer alten Bekannten zu, die sich kürzlich gemeldet hatte. Max.

Jemand hämmerte unaufhörlich auf ein Stück Fleisch. In dem Erlebnisrestaurant wurden die Speisen im Saal zubereitet, vor den Augen der Gäste. Es war kaum jemand da, nur in der Raummitte saß eine Familie mit drei Kindern, die sich aufführten, als gehörte ihnen das Restaurant allein. Emma und Maxima saßen in der entferntesten Ecke. Der Kellner kam. Emma bestellte einen Milchkaffee, Maxima Kakao. Emma lachte, Maxima fragte, warum.

Maxima trug ihre blonden Haare lang. Früher hatte sie immer für einen kurzen Schnitt gekämpft, das fand sie praktischer.

»Soll ich dich immer noch Max nennen?«

»Fragst du überhaupt? Ich bin Max seit eh und je, Superheldin und Streitschlichterin in einem.«

»Natürlich, und ich bin die Blödheit in Person.«

»Du bist nicht blöd, du bist nur manchmal – unüberlegt. Oder warst es zumindest damals.«

»Ein Trampeltier.«

»Ja, so kann man das sagen. Aber eins zum Knuddeln.« Max packte Emmas Arm und drückte ihn. Der Kellner brachte die Getränke. »Wir organisieren ein Treffen von ehemaligen Brausetablettenfans aus dem Mädchenhaus«, sagte Max, »bist du dabei?«

»Kann ich einrichten. Wer macht alles mit?«

»Sofie und Abby. Bist du noch mit Kim zusammen? Wir haben ihren Kontakt nicht.«

»Kim laden wir lieber nicht ein, die flennt mir ein bisschen zu oft.«

»Hat sie Probleme?«

Emma schüttelte den Kopf. »Wir haben vor drei Jahren eine Pause eingelegt, wir wohnen nicht mehr zusammen.« Max rührte im Kakao. »Wir könnten uns auch endgültig trennen, aber sie will das nicht, sie will mich zurückhaben.« Max nahm einen Schluck, setzte das Glas ab, hielt es umklammert und schaute Emma mit undurchdringlicher Miene an. Kein Wort. »Und du? Wie läuft es bei dir?«

Max ließ das Glas los. »Ich habe zwei Kinder, die sind schon Teenager, so wie wir damals.« Sie zwinkerte mit einem Auge. »Mein Mann und ich kommen richtig gut miteinander aus.«

»Das freut mich«, sagte Emma.

»Ich habe gehört, dass du einen Tumor hattest«, sagte Max. »In der Brust? Wann war das?«

»Im Kopf, die OP war vor vier Jahren. Ich bin fast gestorben, mein Herz hatte für zehn Minuten ausgesetzt.«

»Oh Mann, nicht zu fassen. Du nicht mehr bei uns, das geht nicht!« Max lächelte leicht. »Entschuldige, ich bin froh, dass sie dich zurückholen konnten.«

»Anfangs war es nicht gerade toll. Die Ärzte haben gesagt, dass die Schäden irreversibel sind, und Kim hat geflennt.«

»Wie schrecklich! Aber du bist wieder …«

»Ich bin wieder voll da. Kim hat dramatisiert.«

»Halt mal. Kim und du, ihr wart doch damals …«

»Wir sind verheiratet, immer noch.«

»Dann ist klar, dass sie sich um dich sorgt.«

»Ja.« Emma stöhnte.

»Was hast du?« Max legte ihre Hand auf Emmas.

»Ach …«

»Ist es so schlimm?«

»Nein. Ja.« Emma fuhr sich durchs Haar. »Nach der OP konnte ich nicht sprechen, in den ersten Monaten war ich mit Medikamenten zugedröhnt. Kim hat erreicht, dass die Medikamente, die mich zu sehr weggebeamt haben, abgesetzt werden.«

»Toll, wie sie dir beigestanden hat.«

»Ein Jahr lang hat sie mich betreut. Tag und Nacht, ständig.« Emma stöhnte.

»Was hast du? Quält sie dich?«

»Nein, Kim doch nicht! Sie hat so viel für mich getan, so viel. Ich hätte das nie gekonnt. Als ich langsam wieder da war, nach drei Monaten, hat sie mich nur noch aufgeregt. Aber ich habe nichts gesagt, ich war froh, dass sie für mich sorgt. – Sie hätte jemanden dafür engagieren sollen.«

»Das ist ganz schön weltfremd«, entgegnete Max. »Kim war die beste Unterstützung, die du haben konntest. Jemand anderes hätte dich nicht so schnell ins Leben zurückholen können.«

»Ich weiß, ich weiß. Ich habe ihr so viel zu verdanken. Ich kann nicht mal mehr normal mit ihr streiten.«

Max schüttelte den Kopf. »Emma, ich spüre da ganz viel Ärger und Aggression. Vielleicht solltest du daran arbeiten.«

»Hey, ich arbeite genug an mir. Heute war ich beim Zahnarzt, um mich zu beruhigen, dass sich kein neuer Tumor breitmacht.«

»Hast du Metastasen?«

Emma winkte ab. »Ich bin permanent unzufrieden, seit ich wieder normal leben kann, also seit drei Jahren. Immer ist irgendwas. Und Kim war ein Reinfall, ich weiß gar nicht, warum ich mich jemals auf sie eingelassen habe.«

»Sie hat dir schon im Mädchenhaus gutgetan. Du hast aus der Küche ein Schlaraffenland gemacht und uns Tussis in Mathe geholfen. Du bist richtig nett geworden.«

»Ja, sie hat mich gerettet. Und nach der OP wieder. Sie rettet mich nonstop. Ich kann ihr nichts zurückgeben.«

»Ach was, hast du sie mal danach gefragt?« Emma schwieg. »Wann hast du sie das letzte Mal gesehen?«

»Wir sehen uns jeden Monat. Wir sitzen da und machen Small Talk oder gaffen uns stumm an. Sie versucht manchmal, über uns zu reden, dann raste ich aus, auch wenn ich das nicht will.«

»Sie hat das Bedürfnis, mit dir über eure Beziehung zu reden.«

»Sie wünscht sich mich zurück, sie versucht immer, mit mir auszugehen, aber mir genügt es, ab und zu mit ihr zusammenzusitzen. Ich musste ihr regelrecht verbieten, dass sie sich meldet. Ich will doch keine Stalkerin.«

»Das klingt ungerecht.«

»Red doch nicht so. Ich tue manchmal was für sie. Für heute habe ich ein Konzert vorgeschlagen. Ein vornehmes Konzert, mit Kleidervorschriften und allem, wo sie sich benehmen muss und mir nicht die Ohren vollflennen kann.«

»Nach drei Jahren! Du bist eine wundervolle Ex!« Max schüttelte den Kopf und sah Emma erneut so merkwürdig an. »Lass sie sich doch mal richtig bei dir ausheulen, dann könnt ihr wieder normal miteinander reden.«

»Hör auf, ich bekomme ein schlechtes Gewissen.«

Max schaute auf die Uhr. »Wann beginnt das Konzert?«

»Ich habe einen Rückzieher gemacht, ich wollte doch nicht.«

»Was machst du denn! Das hat Kim nun wirklich nicht verdient!«

»Ich weiß, ich behandle sie wie Dreck. Ich bin ein Scheusal.«

»Wollen wir sie anrufen? Sie soll herkommen und selbst wählen, ob sie beim Ehemaligentreffen mitmachen will.«

»Nein, lieber nicht.«

»Doch!«, sagte Max. »Und du bleibst da!«

Emma plumpste auf ihren Stuhl zurück, von dem sie sich eben erhoben hatte. Eine gute Viertelstunde später saßen sie zu dritt am Tisch.

Allein

Max bemerkte Kim als Erste, als sie den Raum betrat und auf ihren Tisch zu schwankte. Sie wirkte stark gealtert und schien Probleme beim Laufen zu haben.

»Kim, geht es?«, fragte Max. Kim nickte nur.

»Entschuldige«, sagte Emma, nachdem sie sich begrüßt hatten, »ich kann einfach nicht lieb zu dir sein.«

»Schon recht.« Das kam sehr leise.

»Ich finde das gar nicht recht!«, sagte Max. »Und auch Emma sieht ein, dass sie dich ungerecht behandelt.«

Kim schüttelte den Kopf, es schien, als würde sie gleich losweinen.

»Du siehst schlecht aus«, sagte Emma. »Soll mich das beeindrucken?«

»Emma«, flüsterte Max. Kim schwieg.

»Du erinnerst mich an das Theaterstück, das ich mir mit Lipsi für euch Brausis ausgedacht habe«, fuhr Emma unbeirrt fort. »Da hatte ich deinen Part und wollte Albert. Mann, das war ein Drama, voll gefühlsduselig!«

»Weißt du«, sagte Kim, »du kannst so mit mir reden, das nehme ich dir nicht übel, das bist du. Aber dass du mir nie zuhörst, mir ausweichst, die ständigen Ausreden ...« Emma hob die Hand und machte den Mund auf. Max drückte ihren Arm auf den Tisch zurück. »... das verletzt mich sehr. Das wollte ich dir noch mal sagen. Ich war nicht deine ungebetene

Krankenpflege, wie du mir das heute noch an den Kopf dengelst, ich habe das für dich getan, und das war einfach selbstverständlich.«

»Nein, nicht für mich!« Emma stand auf. »Du bist meine Frau. Ich wollte, dass du mir von deinem Tag erzählst und nicht als Erstes die Urinflasche wechselst.«

Kim hielt ihr die flache Hand entgegen und Emma setzte sich wieder. Max schob ihr Glas beiseite und legte die Arme auf den Tisch. Stille.

»Tut mir leid«, sagte Emma leise. »Ich verletze dich. Immer wieder. Das will ich nicht. Und ich habe dir ja so viel zu verdanken, das vergesse ich dir nie nie nie.«

»Du sagst immer dasselbe«, erwiderte Kim.

Max hob an zu sagen: »Ihr könnt mal zu einem ...«

»Quatsch!«, sagte Emma. »Wir waren in Therapie, wir hatten viele Gespräche mit Freunden. Es ist ganz einfach: Ich kann nicht.«

»Es ist nie einfach«, widersprach Max. Kim schaute von Max zu Emma. »Kim, erzählst du uns von den vergangenen Jahren?«, fragte Max. »Was du erlebt hast und«, Max nickte zu Emma, »wie du dich fühlst?«

»Hört auf!«, sagte Emma. »Ich kenne ihre Gefühle.«

»Vielleicht ist es gut, wenn du Kim mal wieder zuhörst«, sagte Max. Emma trommelte mit allen zehn Fingern auf den Tisch. Max strich ihr über den Arm. »Na, ist gut, reden wir über das Treffen.« Und zu Kim: »Wir planen ein Treffen von unserer Brausetablettenfamilie, du weißt schon, vom Mädchenhaus damals. Geht es bei dir im Herbst?« Kim schüttelte den Kopf. »Verreist du?«

Kim schaute zu Emma und weinte.

»Was ist!«

»Willst du es wissen?« Kim sprach leise.

Max schlang den Arm um Emma und beugte sich über den Tisch. »Emma will es wissen, sie kann es nur nicht zugeben.«

»Ich habe Leberkrebs.«

Max öffnete den Mund und ließ die Arme fallen. Emma sprang auf, rannte um den Tisch und umarmte Kim. »Hey, das wusste ich nicht. Warum sagst du mir das nicht?«

»Ich habe mich erst vor drei Wochen untersuchen lassen. Dich konnte ich nicht anrufen, du hast mich ja jedes Mal weggedrückt.«

»Ach Mensch, ich bin eine blöde Kuh. Aber du hättest mir schreiben können.«

Kim schüttelte den Kopf. Emma schloss die Augen. Sie hatte Kims Textnachrichten im Handy ungelesen gelöscht.

»Ich bin selbst schuld«, sagte Kim. »Ich hätte mich eher untersuchen lassen sollen. Aber ich habe immer an unserer Beziehung herumgegrübelt. Ich wollte wissen, was schiefgelaufen ist zwischen uns, und ich habe die Müdigkeit nicht beachtet.«

Emma setzte sich wieder. »Was machen wir? Wirst du operiert?«

Kim nickte und schloss die Augen. »Vorige Woche. Sie haben nichts machen können.«

»Kämpfe«, sagte Emma, »ich bin da. Ich bin von jetzt an immer da.«

»Meinst du das ehrlich?«

»Natürlich. Wir können wieder zusammenziehen. Wir können gleich heute Abend …«

Kim schüttelte den Kopf. »Ich bin im *Hildegard*. Heute konnte ich noch mal raus. Ich bin dir dankbar, dass du mich sehen wolltest.«

Max legte die Stirn in Falten. »Das ist doch ein Hospiz, da lassen sie dich einfach so raus?«

Kim schüttelte den Kopf. »Ich habe nicht gefragt.«

Das Geplauder und Stühlerutschen der Gäste, das Zischen des Milcherhitzers an der Kaffeemaschine, alles versank in Watte. Emma hörte nur noch Kims Atem. Kims Hände zitterten, sie zog sie unter den Tisch.

»Können wir dich nachher zurückbegleiten?«, fragte Max.

»Nein, ich will dann allein sein.« Kim holte eine Hand unterm Tisch hervor und berührte Emma. »Ich liebe dich. Ich bin dir nicht böse, ich verstehe dich.«

»Ich komme mit.« Emma drückte Kims Hand. »Ich bleibe über Nacht. Ich will dir so viel zuhören.«

»Danke«, sagte Kim und schloss die Augen.

»Ich liebe dich auch«, sagte Emma und drückte mit beiden Händen Kims Hand.

Kim atmete regelmäßig. Eine Weile sprach niemand.

»Bist du müde?«, flüsterte Max. Kim nickte mit geschlossenen Augen. »Darf ich dich auch begleiten? Nur bis zum Hospiz, dann sollt ihr unter euch sein.«

Kim öffnete die Augen. »Es war so gut, dich noch mal zu sehen, Max. Du hast immer zu mir gehalten.« Sie drehte sich zu Emma und musste dabei die Augen schließen. »Emma, ich weiß, dass du mich liebst. Daran habe ich nie gezweifelt. Ich gehe jetzt. Die Medis wirken kaum mehr.« Sie zog die Hand zurück.

Max stand auf. »Ich rufe uns ein Taxi.«

Kim lächelte, die Lippen gespannt. »Lasst mich bitte allein gehen.« Max setzte sich wieder. Emmas Gesichtszüge zogen sich zusammen. »Ihr habt mir diesen Abend ein großes Geschenk gemacht. Emma, du bist das schönste, hoffnungsloseste Geheimnis.« Sie stützte sich auf dem Tisch auf und schwankte zum Ausgang. Emma wollte aufstehen, aber Max hielt sie am Handgelenk zurück, und so setzte sie sich wieder.

Es stand am nächsten Tag in der Onlinezeitung:

Auf der Hauptstraße ist gestern Abend eine siebenunddreißig- jährige Frau in einen tödlichen Unfall verwickelt worden. Ein Lieferwagen fuhr mit überhöhter

Geschwindigkeit in die Passantin, als sie die Fahrbahn überqueren wollte. »Das hat sie ganz bewusst gemacht«, sagte der Fahrer später der Polizei. Erste Recherchen ergaben, dass die Verunfallte eine Patientin des Hildegard-Hospizes war. Sie hatte das Hospiz eine Stunde zuvor unbemerkt verlassen.

Emmas Telefon klingelte. »Hast du es gelesen?« Max war am Apparat.

»Ja«, flüsterte Emma.

»Es ist Kim, ich habe im *Hildegard* angerufen. Wir müssen es akzeptieren.«

»Ja.«

Stille.

»Emma, wie geht es dir? Soll ich kommen?«

»Sie hat mich umsonst ins Leben zurückgepflegt.« Emma flüsterte.

»Was heißt das?« Emma antwortete nicht. »Nein, Emma, du bist geheilt! Hey, was geht in dir vor?«

Emma legte das Telefon auf den Teppich ohne aufzulegen und verließ die Wohnung so, wie sie gerade gekleidet war: T-Shirt, Shorts und am rechten Fuß eine Socke.

Teil 5

Abgetaucht

An der Kreuzung

Emma stand an einer Kreuzung, drei Wege gingen von ihr ab: ein steiniger, ein geteerter und ein grasbewachsener.

Hutmann kam herbeigeeilt. »Pardon, ich bin spät dran.« Er trug ein violettes Kleid auf dem Arm.

»Herr Hutmann?«

Er atmete schwer, das Kleid baumelte am linken Arm, mit der Rechten fuhr er sich über die Stirn. »Es ist heiß, findest du nicht?«

Emma hatte bloß das T-Shirt und die Shorts an. Und die eine Socke. Er reichte ihr das Kleid und sie stülpte es über. »Wo bin ich hier?«, fragte sie.

»Ich erkläre es dir.« Er zeigte auf die geteerte Straße. »Hier geht dein Leben seinen gewohnten Gang weiter, aber du hast dich offenbar dagegen entschieden.« Er zeigte auf den grasbewachsenen Weg. »Das ist die Veränderung. Uneben und lehrreich. Nimm den.«

»Bin ich in einem Traum?«

»Dein Herz steht still, wie damals. Die Ärzte reanimieren dich gerade.« Er drehte sich zum steinigen Weg. »Gehst du da lang, bist du erlöst.« Es war der Weg, auf dem Hutmann gekommen war.

Sie schaute auf die Straße, auf den Grasweg. »Stehen Sie auch an einer Weggabelung?«, fragte sie.

»An deiner. Ich bin schon vor fünf Jahren gestorben. Ich bin nicht hier, ich bin deine Erinnerung.«

»Ich weiß ja nicht, was mich auf den Wegen erwartet.«

Hutmann zuckte mit den Schultern und nahm den steinigen Weg zurück. Emma setzte den nackten Fuß auf den Grasweg.

Lipsi

Emma erkannte Grautöne, Schritte kamen näher, das Licht verdunkelte sich.

»Emma, hörst du mich?« Sie konnte die Lippen nicht bewegen. »Ich bin es, Max.« Sie spürte ihre Beine nicht, die Arme, den Rumpf, den Hals. »Das darfst du nicht.« Was meinte Max? »Ich weine schon den ganzen Tag.«

Sie konnte Max nicht sehen, Emmas Lider waren geschlossen und ließen sich nicht bewegen, nur ihre Augen rollten unkontrolliert hin und her. Dann wurde es wieder schwarz.

Emma lag auf Holz und fühlte ihre Beine und Arme. Sie fasste an ihre Füße und ertastete die eine Socke. Sie stand auf, ging im Kreis, um sie war es dunkle Nacht. Sie strich über ihren Rumpf, sie trug immer noch das Kleid, das Hutmann ihr gegeben hatte. Nach dem Gefühl in den Fersen und dem Hall der Schritte musste sie in einem fensterlosen Raum sein.

»Max, ich sehe nichts«, sagte Emma.

»Mach doch die Tür auf.« Das war Lipsis Stimme.

»Lipsi, bist du es?«

»Ich kann sie von außen nicht öffnen.«

Emma tapste mit ausgestreckten Händen nach vorn, allerlei Gerümpel verstellte den Weg. Sie erreichte die Wand und tastete sich an ihr entlang. Da, die Tür. Sie öffnete sie. Sonnenlicht drang in die Stube. »Lipsi?«

Lipsi kam um die Hütte gelaufen. Sie sah aus wie vor über zwanzig Jahren, als Emma sie zum letzten Mal im Mädchenhaus gesehen hatte.

»Wo sind wir?«

»Siehst du das nicht?« Lipsi zeigte nach vorn. Vor ihr lag eine Wiese, weit entfernt ragten verschneite Bergspitzen in die Höhe. »Warum hast du mich so lange nicht sehen wollen?«

Emma griff sich an den Kopf. Aber er tat nicht weh, er hämmerte auch nicht. »Ich bin einfach nicht dazu gekommen. Die Krankheit, Kim, das hat mich so beansprucht.«

»Letztlich hast du mich doch wegen ihr verlassen.«

Emma nickte. »Ich war anfangs überwältigt von ihr, und als ich mich trennen wollte, konnte ich sie nicht ziehen lassen.«

»Jetzt bist du frei«, sagte Lipsi.

Ein Brennen breitete sich in Emmas Brust aus. »Sie hat mich verlassen, endgültig.«

»Soll ich sie holen? Sie würde dich sicher gern wiedersehen.«

»Veralberst du mich?«

Lipsi stellte sich hinter Emma und zeigte zu den Bergspitzen. »Bist du mal dort oben gewesen?« Mit der anderen Hand strich sie über Emmas Rückgrat, die Finger holperten die Wirbel entlang. »Wir könnten eine Wanderung machen, willst du?«

»Ja.« Emma genoss Lipsis Berührung. Die Luft flirrte ihr vor den Augen, die Beine knickten ein.

»Ruh dich erst aus.« Lipsi legte sie ins Gras.

»Lipsi.« Emma stützte sich auf den Ellenbogen. »War Hugi in unserer Geschichte Hutmann?«

Lipsi machte ein paar Schritte Richtung Berge und drehte sich um. »Lassen wir das. Das ist doch nur peinlich.«

»Und Paul? Hast du von ihm gewusst?«

»Paul?«, fragte Lipsi.

»Alberts Bruder.«

»Den hast du ins Spiel gebracht.«

»Hast du von ihm gewusst?«, fragte Emma. »Er hieß Lars und hat bei Lidl oder Spar gearbeitet, als Weineinkäufer.«

»Nicht Paul?«

»Ich habe einiges abgeändert, weil ich nicht wollte, dass du merkst, dass es Albert wirklich gibt.«

»Wir wussten doch alle, dass du in ihn verknallt bist.« Lipsi kniete neben ihr nieder. »Ich habe nur so getan, als ob ich nichts checke, ich wollte deine Freundin sein.«

Untersuchung

Emma nahm diffuses Licht wahr, Menschen murmelten im Hintergrund.

»Hören Sie mich?«, fragte eine Frauenstimme.

Sie wollte antworten, konnte aber weder die Lippen noch irgendetwas anderes bewegen.

»Ist sie wach?« Das war Max' Stimme.

Sie hätte so gern die Anwesenden gebeten, Lipsi zu holen.

»Der Monitor zeigt kaum Impulse«, antwortete die Frauenstimme. »Womöglich Interferenzen. Ich mache mal Reaktionstests.« Kleider raschelten. »Tut mir leid«, erklang wieder die Frauenstimme. »Tut mir schrecklich leid.«

»Ja, aber – sie ist doch wach«, sagte Max.

Emma hörte nicht, was die Frauenstimme antwortete, Schritte entfernten sich, eine Tür wurde zugeschlagen.

Albert

Emma lag auf der Wiese. Schwarze Wolken zogen über den Himmel. Lipsi war nicht da. Sie stand auf und rief nach ihr, sie lief zweimal um die fensterlose Hütte, aus der sie gekommen war. Wind kam auf. Die Hütte hatte auf jeder Seite eine Holztür, doch die Klinken fehlten. Sie klopfte. »Lipsi, bist du da drin?« Sie klopfte an allen vier Türen.

Albert kam hinter dem Haus hervor.

»Albert! Was machst du denn hier?«

Er zuckte mit den Schultern.

»Weißt du, wo Lipsi ist?«

Er sah jung aus, so jung. Wie damals in all der Aufregung um ihn im Mädchenhaus. Er nahm sie bei der Hand und zog sie quer über den Rasen, als wäre sie ein trotziges Kind. So fühlte sie sich auch. Sie streckte den Rücken, ließ ihn los und überholte ihn, er sollte sehen, dass sie ihm gern folgte. Nebeneinander marschierten sie weiter.

»Für mich bist du nicht gealtert«, sagte sie. Er antwortete nicht. »Kannst du nicht sprechen?«

»Müssen wir?«

Was hatte er?

Sie erreichten die Bergstation einer Drahtseilbahn. Er wies zur Kabine. Sie war für zwanzig Personen gebaut und leer, auch an der Kasse stand niemand.

»Sollten wir nicht erst ein Ticket kaufen?«

Er blieb stumm.

Die Kabine hatte zwei Klappbänke. Albert klappte die bergseitige Bank auf, setzte sich und wies Emma die auf der Talseite.

»Kann ich mich neben dich setzen?« Es war sicher in Ordnung, ihn zu duzen, er sah jünger aus als sie. Albert schüttelte den Kopf. Die Seilbahn setzte sich in Bewegung und fuhr in rasantem Tempo den Berg hinunter. Emma setzte sich ihm gegenüber, er klemmte die gefalteten Hände zwischen die Knie.

»Ist Lipsi schon vor uns runtergefahren?« Er schwieg beharrlich. »Bitte sprich mit mir.« Er schüttelte den Kopf. »Was hast du denn? Habe ich dir was getan?« Er nickte. Sie schoss hoch. »Tatsächlich? Was denn? Wir haben uns doch nie wiedergesehen.«

Er schaute zu ihr hoch, bewegte den Mund und senkte dann den Kopf. Sie setzte sich neben ihn und fasste ihn am Oberarm. »Auf einmal soll ich mit dir reden«, sagte er leise.

»Wie sollte es denn anders sein? Es war mir ja verboten, dich zu besuchen.« Er streifte ihre Hand vom Oberarm ab. Sie stand auf und tat ein paar Schritte. »Ich habe dir also was getan. Sag mir was, vielleicht kann ich es wieder in Ordnung bringen.« Er guckte sie an, seine Mimik verriet kein Gefühl. »Seid ihr noch zusammen, du und Frau Lützle? Wie geht es ihr?«

Er stand ebenfalls auf. »Warum willst du plötzlich mit mir reden?«

»Na hör mal. Du läufst mir über den Weg, da kommen Erinnerungen auf. Wir können uns doch aus unserem Leben erzählen.« Er nickte. »Wie war ihr Vorname?«, fragte Emma.

»Von wem?«

»Frau Lützle.«

»Was weiß ich!« Die Gondel fuhr durch dichten Nebel. Sie setzte sich auf die Talbank. »Ist das Gespräch fertig?« Er setzte sich ihr gegenüber.

»Du bist ein eigenartiger Mensch.«

»Ich bedeute dir offenbar nichts.«

Sie fasste sich an die Stirn. Das war es, er war gekränkt!

»Hör mir mal zu«, sagte sie. »Als Jugendliche habe ich ein paar Monate für dich geschwärmt. Ich wollte dich sogar in unsere Geschichte einbauen. Wir haben uns seitdem nicht mehr gesehen, aber du hast mir sehr viel bedeutet.«

»Du hast mich schnell vergessen.«

Sie atmete heftig aus. »Wir haben ja nie was miteinander gehabt.«

»Und in eurer Geschichte hast du meinen Bruder sagen lassen, dass ich in unserer Kindheit verrückte Sachen angestellt habe.«

»So passte das besser in deine Rolle! Meine Güte, machst du ein Drama daraus!«

Die Bahn hielt und die Tür schob sich auf. Emma verließ die Kabine. Auch die Talstation war menschenleer. Die Kabinentür schloss sich, und die Gondel mit Albert fuhr Richtung Berg.

Das Backsteinhaus

Emma trat aus der Talstation. Es regnete heftig, ihr Kleid flatterte im Wind. Sie stand oben auf der Steintreppe, vom Vordach geschützt. Unten auf der Straße sauste ein Auto nach dem anderen vorüber.

An der Straßenseite gegenüber stand ein zweistöckiges Backsteinhaus. Sie hielt die flache Hand über den Kopf und lief zur Straße. Minuten vergingen, bis eine Lücke im Verkehr entstand und sie die Straße überqueren konnte. An der Tür gab es zwei Klingeln, auf der oberen stand »Kim«, auf der unteren »Emma«. Sie klingelte mal bei Kim, mal bei Emma. Niemand machte auf.

Der Regen hatte aufgehört, sie lüftete das Kleid, das ihr immer noch an den Beinen klebte. Dann erbebte der Boden und die Umgebung fiel in Schwärze.

Abschied

Wieder hörte Emma Leute murmeln. Jemand sagte: »Jammerschade.« Dann wurde es ruhig.

»Emma?« Das war die Stimme von Max. »Hörst du mich?« Sie sah und spürte nichts, auch keine Schatten, nichts. »Weißt du noch, unsere Tussijahre? Ich war die Jüngste, du warst immer so fürsorglich zu mir, und du hast mich auf deine Streifzüge mitgenommen.«

Sie erinnerte sich. Max war zwölf gewesen und hatte es gar nicht gern, wenn man sie »Maxi« oder »Maxima« nannte.

»Ich muss mich jetzt von dir verabschieden. Sie stellen die Maschinen ab.«

Emma stand vor dem Backsteinhaus. Die Tür öffnete sich und Kim setzte ein Bein raus. »Kim, was machst du hier?« Mit einer Kopfbewegung bat Kim sie herein, aber etwas hielt Emma zurück.

Die Straße war auf einmal leer, auch in der Ferne waren keine Autos zu hören. Aus dem Haus kam nun Max, drückte sich an Kim vorbei und lief auf Emma zu. »Geh zu ihr, du hast noch wenige Minuten.« Max lief über die Straße und setzte sich auf die Treppe zur Seilbahn.

Emma betrat das Backsteinhaus. Im Inneren weitete sich ein einziger hoher weißer Raum aus. »Du lebst?«

»In dir drin«, sagte Kim. »Noch ganz kurz.« Sie umarmte Emma. Emma schloss die Augen und spürte Kims Atem auf der Wange: Kim stand der Mund offen, sie lächelte.

Epilog

Emma saß auf dem roten Sessel, Frau Lützle auf dem blauen.

»Freust du dich?«, fragte Frau Lützle. Emma hob die Schultern. »Wir konnten dir den Wunsch erfüllen, du kannst eine Ausbildung machen, weit weg von deiner Mutter.«

»Prima.« Emma merkte selbst, wie nüchtern das klang.

»Was ist los mit dir?«

»Wer sagt, dass ich Wände und Gartenzäune anstreichen will?«

»Das warst du selber.« Emma schaute auf Frau Lützles Sneakers. »Bitte, Emma. Wir haben sechs Monate nach dem Ausbildungsplatz gesucht, und du hast ihm schlussendlich zugestimmt.«

»Ich kenne dort niemanden, ich muss da wieder ganz von vorn anfangen.«

Frau Lützle nickte. »Das gehört zum Erwachsenwerden dazu.«

»Und wer sagt bitte schön, dass ich erwachsen werden will?«

Frau Lützle schüttelte den Kopf, stand auf und öffnete die Tür.

Das war es also gewesen, das sogenannte Schlussgespräch. Jetzt wurde sie ins Leben gespuckt.

Vor der Tür standen Kim und Max, hinter Max lugte Abby hervor.

»Was macht die hier?« Abby machte kehrt, aber Max hielt sie am Ärmel fest. Kim umarmte Emma. Etwas knisterte, Kim hatte ihr ein Papier in die Hosentasche gesteckt. »Was ist das?«, fragte Emma, den Mund in Kims Haar gedrückt. Es roch wunderbar nach Erdbeerfeld.

»Ein Brief«, antwortete Kim. »Öffne ihn erst in Ulm.«

Max unterbrach die Zärtlichkeit der beiden und boxte Emma in den Arm. »Entschuldige dich bei Abby.« Abby hatte gestern wieder rumgeprahlt, und Emma hatte ihr ›Pferdehintern‹ an den Kopf geworfen, dann war Abby auf ihr Zimmer gerannt. »Na mach schon.« Max zog Emmas Arm zu der Geschmähten.

Abby schaute zu Boden. »Ist schon recht.«

»Was hast du da gesagt?«, fragte Emma.

»Du hast mich permanent beleidigt. Aber ich dich auch. Vergessen wir es.«

»Und jetzt umarmst du Abby«, sagte Max.

Wenn es sein musste.

Max trat immer bestimmender auf, niemand stoppte sie. Manchmal versuchte man wegzuhören, dann boxte sie. Und eigentlich hatte sie meistens recht.

»Erst in Ulm öffnen«, flüsterte Kim noch mal, nachdem sie Emma einen Kuss auf die Wange gedrückt hatte. Ihre Augen blickten traurig.

Die zwei Koffer waren gepackt. Max zog einen zur Bushaltestelle, damit hatte Emma für Kim eine Seite frei. Dahinter folgten Lipsi, Abby, Sofie, die ganze Familie.

»Weinst du?«, fragte Emma leise, es sollte nicht alle Welt mithören. Kim nickte. Autos rasten vorbei. »Wir sehen uns doch in zwei Wochen.«

»Im Brief steht, warum.«

Emma blieb stehen. »Sag es mir auf der Stelle.«

Kim ging weiter, Emma folgte. Als sie sie eingeholt hatte, beugte sich Kim an ihr Ohr. »Ich muss nächste Woche auch gehen.«

»Das ist super. Auch nach Ulm?«

»Nach Genua.« Italien. Emma runzelte die Stirn. »Meine Mom …« Kim stockte. »Sie hat sich …« Sie erreichten die Bushaltestelle, eine Frau mit Kinderwagen stand dort. »Die Trauerfeier findet am Montag statt«, flüsterte Kim. »Gleich danach geht es zu Dad.«

»Nein, du veralberst mich. Eine Mom geht nicht einfach so.« Kim schloss die Augen. »Und dein Dad zieht nicht hierher?« Kim schüttelte den Kopf. »Kim, sag mir, was passiert ist.«

»Schscht«, sagte Kim.

»Ich habe es mitgekriegt«, sagte Max, »ich behalte es für mich.«

Die anderen drückten sich um den Ticketautomaten, Abby führte ihren Trick vor, wie man den Bildschirm auf Großschrift für Sehbehinderte umstellt. Kim umarmte Emma und presste die Augen an ihren Hals.

»Du kannst doch gar kein Italienisch«, sagte Emma.

Kim drehte sich etwas weg, hielt aber weiter Emmas Schultern und lächelte. Auf ihren

Wangen hatten sich zwei feuchte Flecke gebildet.

»Sobald ich kann, suche ich mir einen Aushilfsjob«, sagte Kim. »Dann kaufe ich mir von dem ersten Geld ein Ticket und komme dich besuchen.«